巨鹿文库

从前的女生

陈丹燕 著

目录

外公的故事

夏天的一个早上，在纽约下城。

南茜醒来，发现她房间外面的客厅里没有像从前一样亮着灯，这是这栋房子里背着街的公寓，从来没有阳光可以射进来，所以，客厅里得一起床就开灯。而外公总是很早就起来，盛家客厅里的灯总是像早上的太阳一样亮着的。

南茜觉得奇怪，而且不知道为什么，心里突然害怕起来，只觉得有什么可怕的事要发生似的，仰面躺着，觉得自己的一颗心突突地跳。

南茜从自己的大床垫子上滚到地上，站起来，走到自己的小房间外面，整个公寓里静静的，响彻着天井对面的褐色大房子里的机器轰鸣声，她不知道那是什么机器，为什么日夜不停，她到美国来的第一天，这声音就在这里了。然后，她发现一家人当成餐室的地方也没亮灯。她感到家里没有人。

她几年前和外公外婆一起从上海来纽约的时候，发现中国和美国的一个最大的不同是，在美国十二岁以下的小孩，不可以一个人在家里。

爸爸妈妈当然都忙得要死，所以她是和外公外婆寸步不离地长大起来的。家里没有人，对她来说，真是不寻常。

他们这一家住在纽约大学的公寓里。爸爸在纽约大学教书，他在那里有一个不起眼的职位，所以大学里给他们家的房子，所有的窗子都对着建筑后面的小天井，要伸出头去，才能看到东海岸高而碧蓝的天空。外公每天早上到附近的华盛顿广场里去呼吸新鲜空气，对着树默坐一会儿，那是外公到美国第一天就开始的习惯，而那时，外婆总在厨房里忙着。外婆一点也不介意那是一个窄小的厨房，甚至不可以吃饭，外婆高兴地说："我总算有了自己一家人用的厨房了。"因为在上海的时候，外公家的厨房是底楼公用的，外婆一生都非常痛恨与别人家公用厨房。

但是外婆死了。她得了癌症。

外婆死了以后，外公就独自照顾南茜，把外婆留下来的事都做了下来。外公一辈子的大多数时间在海上航行，去过许多国家，不曾做惯家事，可他居然没有把南茜的牛奶烧煳锅底，也没有忘记在里面加上巧克力酱，把它做成巧克力牛奶，给不喜欢喝牛奶的南茜。他胖胖的身影好像是非常自然地就代替了外婆在厨房的位置，默默地忙着。

有一次妈妈坐在桌子边等牛奶好的时候，看着站在锅边守着牛奶开锅的外公，惊奇地说："哎，爸爸真的是变了一个人了。从前爸爸不进厨房的，皮鞋亮得像镜子，在中国的那种环境里，觉得爸爸的白制服漂亮到了奢侈。"

南茜记得，那时外公好像笑了一下，没有说什么。外公的脸那时背着光，南茜看不真切，只觉得他白发稀疏的头静静地转了一下。

爸爸妈妈要到美国去的时候，全家照了一张合家欢。那时南茜还小，被抱着放在最前面的草地上。外公那时候就要退休了，可还有远洋船长的白制服，也许南茜是到了美国才开始记事的，一点也不觉得那白色的制服有什么奢侈，那次听了妈妈的话，她特地到客厅里去看从中国带来的照片，在中国的外公只是有一种现在没有的神情，很“酷”。

那时南茜还想，妈妈这个词用得不好，外公又不是什么“你莫比”房车，奢侈从何谈起。

现在，外公仍旧每天早上到华盛顿广场去，只是去得更早，每天都在南茜起床以前回来，招呼南茜吃早餐、上学。从来没有像今天这样让她一个人在家里。外公说，妈妈爸爸刚刚申请绿卡，他们在美国的记录最好不要有一点点污点，包括把十一岁的南茜独自放在家里，外公说怕被什么人看到，给警察局打电话。

有时南茜说不会有人去报告的，可外公说，防止万一，有的人就是会做伤害别人的事。妈妈的绿卡是最重要的事，不能有一点点大意。

外公说妈妈拿到了绿卡，过五年，就可以申请成为美国公民。妈妈成为美国公民以后，就可以为外公申请绿卡，有了绿卡，外公就可以申请六十五岁以上老人的政府福利，这样，他就不会生病时花去妈妈许多钱了，像外婆那时一样。

餐桌上也没有留什么字，外公看上去没有打算告诉南茜自己到什么地方去了。

南茜望着光光的桌面，她看到了一些面包渣，还有一小滴红色的果酱，那一定是妈妈爸爸吃早餐时匆忙留下来的。外婆说过妈妈在上海时是个娇滴滴的小姐，吃完一整块冰砖，嘴唇上也不会留下一点点的。到了美国，渐渐变得像充军，因为吃东西太快，常常吃脏了衣服和桌子，这在从前上海的家里，是外公认为最没有教养的事。外公要大家吃完饭后桌子前干干净净的，吃饭时候嘴里有食物不能说话，离开桌子前对别人说："我吃饱了，先走。"

从前外婆总是在外公从广场回来以前，把桌子擦干净，外婆的嘴里，外公可真的是挑剔的人，而外公没有因为妈妈留在桌上的面包渣发过火，或者说，南茜没有看到过外公发火。只是每次外公吃饭以前会把桌子擦得干干净净。

他永远是全家在餐桌上最庄严的人，背直直的，干净的手指轻轻放在桌沿上。

外公到哪里去了呢？

南茜不知道该怎么办。

南茜就站在那里看着。靠近浴间有一个小储物室，开着一条缝。南茜看到里面的大藤篮子里的脏衣服都堆得满出来了，爸爸长长的白袜子有下城中国城里大旺油条店里的油条那么粗，那么长。这么说，外公也不是去洗衣房了。

客厅里传来了沉沉的钟声，那口大钟还是外公外婆从上海家里带出来的，是他们最喜欢的东西，听说是这个世纪初从中国宫廷里流散出来的东西，是外公的心爱之物。他们走的时候实在舍不得送人，巴巴结结带到了美国。外公外婆是全家最后走的，走的时候，把家里所有的东西都卖了，送了，房子也还给国家了，他们再也不打算回去了。

大钟每隔一刻钟就响，按说，南茜是从小听着那声音长大起来的，可是这时听到钟声沉沉地传来，竟打了一个寒战，她再次觉得有什么自己有一点熟悉的恐怖而凄凉的东西，在家里像幽灵一样地徜徉流连。而没有外公的家，竟像陌生的地方一样。

南茜觉得有什么东西碰到了她的后背，她哇地大叫一声，向一边跳去。

是走廊上的衣架，南茜看到外公一件绿色的布外套在木头衣钩上微微摆动着。虽然是夏天，一到下雨，外面还是凉，外公去中国城买菜就穿它。原来是爸爸穿的，后来爸爸发胖了，这件外套穿不下，就给外公买菜时候穿。

南茜决定出去找外公。

她从书包里拿了钥匙，自己下了楼。在电梯里遇到了同楼的一个犹太老太太，她问南茜这么早到什么地方去，南茜说去华盛顿广场，外公在下面等着她，他们要去喂鸽子。老太太听了把头点了又点，临出门的时候回过头来说，祝南茜和外公有一个可爱的一天。

南茜说："你也同样。"

随着这声祝愿，南茜的心哗地松开来了。

一开门，遍地的阳光。

一个男孩子，穿着大花的短裤，站在旱冰鞋里，哗地一下从街上掠过。多好的一个早上啊，南茜想。

远远地，看到华盛顿广场的大水池在喷水，树像被洗了一样的绿。

南茜到外公常去的树丛那里去，远远地，就看到了外公。

外公的头发很白。

南茜突然发现他看上去并不像记忆里的那样胖，甚至小了一个尺码。从前他不是这样的。南茜想起来，在她没上学的时候，有时她早醒了的话，也会跟着外公去锻炼身体，外公那时打打太极拳。那么温和的动作，常常也引得过广场去大学上课的学生停下来看，问这是哪一种中国功夫。

外公总是说，这不是打人用的功夫，而是一种中国体操，像一只跳舞的仙鹤。

这总是让那些眼里一派崇拜的青年人失望而去。要是它不暗含杀机，只是一味浪漫，就很可笑。

南茜记得有一天她和外公在华盛顿纪念碑的下面看到有几个学生在制作电影，一个学生在衣服里放了一个塑料袋，另一个学生用刀向他狠狠扎下去，手起刀落，衣服里的血袋被划破，血很快渗出来。这时外公把自己的手按在南茜的脸上，不让她看下去。外公少有这样强制对待南茜的时候，那时南茜真想看，就叫嚷起来，可外公把她紧紧抱住，一直到边上的儿童乐园才放手，就是不让她看。

外公那天放了手，气喘着对她说："你永远不要看血。"

她不懂外公为什么这么激动。

外公看着什么地方，好像深深地沉浸在那地方，他的脸非常白，像一个病人。

南茜大叫起来："外公！"

外公没有听见，他好像在非常注意听什么声音似的，而又好像出了神，他看着某一片树叶。

"外公！"

外公回过头来，真的，他的脸色非常苍白，而且疲劳。

外公说，只是昨天晚上不知为什么睡不着，也许是人老了，就是这样。

外公说："你吃了早饭了？"

南茜说："没有，我来找你。"

外公笑了说："你这么好啊？记得出来找外公。"

南茜说："我害怕。"

外公摸了摸南茜的头："十二岁了，你可以一个人在家了，不要怕。"

外公的手是冰凉的。

华盛顿广场上有一个灰衣的女人在喂成群的鸽子，还有流浪汉就着喷泉洗脸，一切都像往常一样，可南茜觉得异样，所以她拉住了外公的手。在很小的时候她常常要拉外公的手，不管到什么地方都和大人拉着手。可爸爸说这是中国人的教育方式，美国人总是让孩子自己走，这样的孩子个性会独立。所以南茜就不拉外公的手了，有时外公到学校来接她回家，她忘记了，伸手去拉外公的手，外公就捏捏她的手，然后，松开，说："爸爸说你最好当一个真正的美国孩子。"

慢慢地，南茜就不习惯拉外公的手了，自己一个人走。

这一次外公没有松开南茜的手，南茜握着外公在夏天冰凉的手，回到家。

南茜说："外公，你有什么不妥吗？"

外公说："没有。"

南茜坐在桌子边没有像往常一样离开，她觉得外公今天真的神情恍惚。

外公洗了全家的早饭碗和杯子，收拾了厨房，然后从冰箱边上拖出一个小推车来，说要去中国城买菜。

南茜跟着一起去。

"你肯定？"外公问她。

她说是的，走过菜市场的时候她捂着鼻子就是了。

沿着百老汇大道一直往下城走，街道渐渐变宽，房子越来越旧，店铺堆得像货栈一样，街上的人多起来，人脸上的表情诡奇起来，中国城就到了。

南茜一点也不喜欢这地方，从来不愿意到这里来。外婆外公来买东西，她从来不肯跟着来，她怕这里的脏和气味。有时爸爸妈妈说一家人到这里来吃饭，南茜常常不愿意，她觉得这里的街道太臭，地上流着内容可疑的水，好像直接从死鱼身上流下来的。可外公说在这里买菜，可以比在白人店里便宜三分之一。

外公买菜的时候，南茜就在外面等着，她也不喜欢看到那里花花绿绿当街挂着的东西，她看到了许多女孩子喜欢的印第安公主的卡通书包，高高地挂了满墙，可看上去全是冒牌货。

外公说要到大旺去，他的朋友也许还在那里。

于是他们买好了菜以后就到大旺油条店去。

长长的店铺里，外公找到一桌正在吃油条的老人，椅子边都放着买好的菜和水果。

外公对他们说今天他觉得很累。

大家都抬起脸来，警告说，小心不要生病啊。现在最怕的事就是生病，不像在中国，什么都是国家包了，只管到医院去。现在用的每一分钱，都是孩子在美国拼命挣来的。

外公说是的。

可南茜不明白为什么他们那一张张老旧的脸上却有一点想笑的样子。

她渐渐想起来，这些都是外公在美国的朋友，　个人是从前上海很有名的外科医生，外公也是陪南茜到儿童乐园玩的时候认识他的，他也陪他的外孙去玩。另外一个人是大学里的教授，还有一个人是音乐附中的校长。

看到南茜，都说她长大了，自己又老了。

接着，他们就开始说自己那些留在国内，或者临走时随手送给了朋友的值钱东西，那都是真正的心爱之物，躲过了“文化大革命”的抄家，最后却没有躲过离乡背井，跟着孩子到美国来这一次，这一次是什么都没有了，就是在中国再有地位，现在也是推了一个小车，到中国城来买菜。

校长说现在上海发展得很好，可自己是再也回不去了。

医生说，就是回去，也不是自己的世界了，他们已经老了，做不了什么了。

外公什么也没说，他把自己的一份油条给了南茜，只喝豆浆。在大旺店暗暗的灯光下，南茜发现外公像一只在大雨里被打得精湿的鸟一样，缩着翅膀一动不动，马上就要从树枝上掉下来似的。

上午的餐馆里，小桌子上坐着的，好像只有老人和孩子，老人的脚边大多放着菜和鱼。那些中国老人，努力地吃着中国的油条和中国的豆浆，可它们都是用美国的东西做起来的。

南茜闻了闻自己的衣服，她觉得上面沾了些油气，一闻就是中国人，南茜也不喜欢自己身上有这个。她不想吃那根很大的油条，宁可去吃汉堡。坐在老人们的这一桌上，南茜想，他们有这么多不满意，为什么要到美国来呢？他们可以回中国去，继续做他们的中国人。可没有人回去。

南茜想起来，外公有一次和爸爸不开心，曾想回上海过，他说他不能吃“嗟来之食”，可外婆说她死也不回去。外婆那天哭出了声，她让外公想一想在上海的几十年，他们因为出身豪门，被整了几十年，处处被人压着抬不起头，她再也不想回到那地方去。那天外婆说她就死在美国了。外婆做到了这一点。

留下外公一个人。

外公说要早一点回去，累了。

下午，南茜开始做妈妈留下的家庭作业，看一小时英文书，然后写一篇英文的作文。从南茜到美国，妈妈就告诉她现在她是一个美国孩子，多说英文，多看英文，考上一个好中学，进一个好大学，将来在社会上站稳脚跟，走进美国的主流社会里去，永远不要过苦日子。这是妈妈的理想，爸爸的理想，外婆的理想，大概也是外公的理想。南茜在班上是好学生，英文好过白人孩子，这是全家自豪的地方。

南茜读着英文书。

外公在客厅的大桌子上写毛笔字，这是南茜没想到的。

“怎么了?”南茜正满脑子英文，就用英文问外公，“为什么你不睡觉?”

外公也用英文对南茜说：“我需要静一下。”

外公说的英文，和南茜学到的美国话不同。

刚到美国来的时候，妈妈让外公教南茜英文，外公是南茜的启蒙老师。后来，南茜上学了，她说的话小朋友常常听不懂，就笑话她。南茜觉得很羞耻。那一段时间，她拼命学着把舌头卷起来说话。她怕人听到外公说着不是美国话的英文，外公到学校来接她的时候，她总是尽量不和外公说话。后来有一天，克力夫小姐对她说外公看上去非常地绅士，他说的英文是她所听到过的亚洲人说得最出色的英国英文，南茜才放心和他说话。

那一段时间，南茜非常希望自己是个真正的白人。她常常洗澡花很长时间，在浴室里照镜子，希望自己的头发因为吃了美国孩子一样的食物，穿了一样的衣服而变成黄色的，希望自己的眼睛成为蓝色的。她看啊，看啊，有时在镜子上面的灯下看花了眼。

有一次，外公问她为什么洗澡要用这么长时间，为她做的饭全都凉了。而她非常激动地告诉外公说："现在我的头发已经变成 brown 的了，不是黑色的，我不是中国孩子，是美国孩子，是白人孩子。"

那时，外公很注意地看着她。她以为外公看不清楚，所以跑去又开了一盏灯。好像就是从那以后，外公每天在妈妈给南茜的英文家庭作业以外，又加了一门中文课，外公教她每天一首中国诗词。外公希望她能背出来，可南茜不喜欢背书，她不觉得那些中国的东西，特别是中国许多年以前的东西，和她有什么关系。小时候她为了和外公一起玩，或者多要一份冰激凌，外公说背什么，她就背什么。后来她上学了，被逼急了，就对外公大声说："你那么喜欢中国，还是回到中国去。你在美国，就像美国人一样生活。我们班上没有一个孩子在家里要背一千年以前的外国东西。你不可以逼我。"

爸爸后来知道了，说南茜到了美国，就是美国人，不要再教她中国的东西，就让她和美国孩子一样成长。

外公这才不教了。

南茜在学校学的东西越来越多，越来越愿意说英文，有时在餐桌上，大家都陪着她说英文，外公也是，只是他说得很少。

南茜站在门口看着外公，这时她心里突然觉得悲伤。

南茜说："外公，我还记得你教我的中国诗词。我为你背一首好吗？"

外公说："你做完妈妈布置的作业了？"

南茜摇摇头："太多了。"

"那以后再背吧，先把妈妈的作业做了，她晚上回来要检查的，她一天下来很辛苦，你不要让她生气，做个好孩子。"

南茜点点头。

南茜写的是一篇参观华尔街海港码头的作文。那里有一艘老船，是当年美国的移民用的，他们穿越大西洋，来到美国，建立了全世界最强大的国家。南茜不知道那时候中国的移民在哪里，他们在做什么，船上没有中国人。南茜的功课全是A，只有社会研究这门课差一点，妈妈说因为她生活在中国人的家庭里，所以，每天她都要读美国社会的故事，然后写作文。

一下午就过去了。南茜小房间的窗子上有了金色的反光，这是太阳西移，射进了对面的窗子，从对面的窗玻璃反射过来的阳光。这时候整个公寓都变得非常明亮而且生机勃勃。

南茜又听到大钟沉沉地响了起来。

它带来了早上南茜已经经历过了的恐惧和凄凉。这时南茜想起，那种熟悉是因为外婆。外婆去世的那个下午，她独自回家来的时候，她站在门口吃惊地发现妈妈在家，爸爸也在家，围着外公。她推开门时，他们三个人一起抬起头来看她，外婆死了。那时她也觉得心里有一种惊恐而凄凉的东西像华盛顿广场上的鸽子一样纷纷掠过。就是那种心情。

南茜没有发现外公。

客厅里有一股中国墨水的淡淡臭味。

外公倒在浴室的地上，洗脸池上的水龙头里还流着水。外公好像是在洗干净自己手上的墨汁时，突然倒下的，他以一种很不舒服的姿势蜷缩着，而他的身上洒着许多金色的夏日阳光。

南茜一步步地向后退去，她好像听到外公说了什么，很轻，也许是叹了口气，也许什么也没有，她的耳朵里嗡嗡地叫着。到客厅门口时，她听到里面的大钟响亮地向前走着，她飞跑到大门口，把门打开，像是要为自己留一条逃路似的，然后，想起克力夫小姐说过的，遇到什么紧急情况，应该打电话给警察。

以后的几个小时是在忙乱中度过的，爸爸妈妈回来了，妈妈拨开赶来的警察，向南茜扑过来，把南茜抱住，转头去找外公。外公还悄无声息地躺在那里，身上洒满了下午才能照到这里来的阳光。

南茜这才哭了出来。

外公突发脑溢血，死了。

那天夜里，南茜搬去和妈妈爸爸一起睡，她睡在他们房间地上的床垫上。在睡着以前，她的脸上感到了贴着地面而来的空气。那里面有外公用的中国牙膏的清凉气息，还有淡淡的中国墨汁的气味，以及大旺店的油条香。

还有浴间的水汽，妈妈用的沐浴露的黄瓜香，妈妈临睡前不敢一个人在浴间里洗，一定要开着门，她说她总觉得外公的灵魂里有许多委屈，这样的灵魂会留在他去世的地方不走的，她害怕。

南茜想起来，外公是说了一个词，他躺在地上的时候，说："是啊，是啊。"

黑 发

姑姑不在家，我就到她房里去。最大的享受仍旧是坐上姑姑的梳妆台，三面镜子，坐着就能看见后脑勺，前面整装待发般竖了一长排化妆用的东西，每个小盖都散发着带酸味的芬芳。坐下去，挺直身体，恰到好处地动用那些漂亮小瓶的渴望油然升起来。

扎了一夏天马尾巴，只觉得后脑勺一星期比一星期沉重起来，上午猫上打字课时突然发疯一样拉我，让我看走进校门的一个梳男人发式的年轻女人，她一下把橡皮筋拉断了。上第四节课，老师对数学期考进行质量分析，我是满分，于是就在头上细细地摸，觉得头发垂到肩膀上来了。从来还没尝到过这种头发长长拢着脸和脖子的滋味，觉得一定妩媚非凡，又看不见，心里痒痒的。想回头向猫借铅笔盒里的小镜子，却在后窗上看到旧社会威严凶恶的眼睛。旧社会到底凶什么？我们又不是简·爱。这区区威严真让人好气又好笑。

镜子里我的头发像只温顺的黑猫一样错落有致地从头顶上到耳朵旁到脖子边到肩膀头，脱胎换骨地浓黑发亮，从前姑姑坐在这一大堆镜子前常对我撇着嘴说："你知道你头上顶的是什么？是腌得太久了的雪里蕻!"上午摸着这一头头发，我突然领悟到这是说我的头发又黄又乱又软，反正是一塌糊涂，心里当下恼怒起来。以前我才不为这等小事愤怒。小时候我梳过小辫，自己梳，但总一个正一个反，以致到有一天，初中的英文先生在提问以后说，何以佳同学，如果你不反对的话，把那辫子剪了吧，我一看见反辫手就发痒呐。记得那时班上笑得东倒西歪，我倒也没觉得怎么样，不修边幅和刻苦用功那时候是正比，光荣的事。现在想想似乎也是应该愤怒的。

头发沙沙地从肩膀上掠过去，心里温柔地音乐般地响了一声。

后面突然传来姑姑一声惊叫，镜子里的姑姑把大大的柔姿包扔在椅子上，目瞪口呆地看我后脑勺，黑发长长的后脑勺。又冲过来，从抽屉里拉出吹风机、卷发器、发卡、毛巾，热风呼呼地吹过来，姑姑眼睛像吹风机里的电炉丝一样热辣辣地盯着我。头发让卷发器拉得生疼，准有几根生拔了的，我咬紧牙关。记得那时姑姑烫头回来，头发烤焦了一块，但英勇地说过：要漂亮就不怕疼。

姑姑在头顶上絮絮叨叨地说，给你来一个 super！我的天以佳，你什么时候长的啊，这头发真是太棒了。

卷发器满头都是，我简直变成了一只绿头蛐蛐。

头发变成一缕缕的，又变成一片有点鬈曲的，又变成两个大大的弯。一半头发落在额头上遮住一个眼睛，围到下巴，散着一股香喷喷暖烘烘的气味。这是处理过美容过的头发才有的。

抬起来一点，你嘴唇厚，有一点金斯基的味道，张开一点，好！别张大，一张大就满脸蠢相。闭一点儿，眼睛不要正视别人，眼神藏起来一点，要又朦胧又尖锐，悠着点儿，不要动头发噢，这叫神秘的直发式。

镜子里我站在铺天盖地的大画前面，身后衬着像蛇一样曲着扭着怒放的向日葵，一派金黄，养在一个古老的，好像快破了，又好像结实得要命的陶罐里。这会儿，倒是突然显得披挂下来的黑发神秘而怪诞，心里开了锅似的，又热烈又害羞又得意又不知所措又急于想做一个帅的举动，姑姑拼命说挺起来挺起来，这才是女人风度。可我却忍不住地弓下去弓下去，如火如荼的向日葵和深不可测的陶罐包围着我美丽到可怕的头，如果不是还留下一只张皇的眼睛，此人定是女巫。从前我看见爱发如命的女孩怎么说，好像生怕别人不知道她是个女的，喊！高中有人烫了头，旧社会定要把她找去，叫她立正站好，说，你怎么不向何以佳学习，女孩子要纯洁朴实，别弄得鬼不鬼神不神的。那时我在脑袋后头揪个马尾巴，露出特别凸的大脑门，脑门上有一道抬头纹，特别令我自豪。现在那苏格拉底式的脑门全不见了。

要高傲而神秘，姑姑两眼炯炯地吩咐。

脖子好容易一扭，却听得骨头响了一声，镜子里我的脸紧张得显出一副哭相。从姑姑嘴里滚滚而来而且那么得意的词实在消受不起。我掀起头发绕到耳朵后面，额头上清凉清凉的，心里顿时安静下来。

姑姑哼了声朽木不可雕也！

我说你好哎，哪比得上你，风流死了！我恶狠狠地翻白眼，把眼珠都翻疼了……

以佳鬼鬼祟祟一头扎进洗脸间，关上门，上锁，我都好笑。装着上厕所，实际是去照镜子，这是女孩子常有的把戏，小时候我也这样。给买个新发卡就高兴得像上了天。

我头发太少，又黄，实在是我美容的一大缺憾。好不让人懊悔。可我偏偏难以控制地喜欢做头发、变发型，连爱人都没有，倒先置了套家具，满是小家碧玉幸福感的大橱五斗橱方桌，就因为这家具里配了一个像很小时候妈妈用的三面镜子的梳妆台。妈妈的梳妆台靠在卧室窗旁，雪白雪白，每个小抽屉里都藏着漂亮得使人不敢相信的发卡别针。小时候我不像以佳这样愣头青，我烫过头发，穿过白色的纱裙，轻得像没穿一样，还有一双鲜红的小马靴，圆头。

大院里哪家有个男人又唱歌了，拖得很长，声音普通得让人听出许多缺陷来，但清晰，又落寞，还飘忽，回声一样地漫进来，总是唱那支听来凄凉的老歌，“远飞的大雁”。小时候我也常唱，是歌唱毛主席的，后来听说这本是一首情歌，心里十二分的不习惯。也许要是一开始先认识了事物的乔装面目，再看到真的，反而会对真实面目起排斥的心。镜子里我的脸型这样狭长，也该是梳个直发式，可惜这一头七零八落的头发，丝毫形不成以佳那样的丰满。

我十七岁时候正四海翻腾云水怒，五洲震荡风雷激，翻腾得热昏。头发那时是茂密的，黑得发蓝，不像现在这样越抹护发素越少，越黄，烧焦了一样。但把一头一去不再来的黑发一根不苟地全用黑橡皮筋往脑袋后面高高扎起两把刷子，号称革命朝气。从九岁一直扎到十七岁、十八岁、十九岁。歌唱到最后，拖音长长的，不肯闭嘴换一口气。

我们班上的跃进是在文艺小分队里跳舞的，长得又细又高，长长的脖子，班上的女生总和她处不好关系，说她有一大堆电线，每天晚上用电线把头发卷起来睡觉，不怕拉得头发疼。那个年头虽很兴诽谤，但对跃进却不是无中生有。她早晨上学校，刷子辫弯成一个小球，刘海也鬈着，小而密集，像非洲人的头发。老师找她谈过话，广播里不点名地警告过她，而她直几天，就忍不住又要去摆弄头发。在女生们嘲弄而羡慕的白眼里高高仰起脸，去托住额头与众不同的卷卷儿。到了下午，鬈着的头发便软下来，要直要直的，她便高高仰着脸。她勇敢但笨拙，她不懂有的事那时是可想不可做的。

那时我很恨她，老师派我去谈话，我让跃进交电线出来，她窘得满脸血红。

班上出了一期黑板报，警惕资产阶级生活方式的腐蚀，还画了一个丑女孩，妖道地顶了一头毫不美好浪漫的小卷卷。跃进哭了，眼泪打湿了头发，头发直了。我便说希望你灵魂深处爆发革命。

男人又唱起来，寥落的“远飞的大雁”。

后来倒在我灵魂深处“爆发”了革命，一个像现在一样清凉得让人心动的秋天晚上，我洗脸，窗户开着，那儿吹来的风把我洗湿的眉毛一根根吹起来，胸间突然涌出莫名的温柔忧伤失落和渴望，纠缠在一块儿，简直有了怅然。那时哥哥他们已经当兵的当兵，插队的插队，在他的落满灰尘的抽屉里，我找到一团电线，散开头发，把电线绕在头发上，头发厚得很，不肯向里弯，电线也不住地从头发上滑下来，那一晚一遍遍和头发做斗争，累得满头大汗，但改变头发式样的愿望变得不可遏制。睡到半夜忍不住把满头的电线揪下来，爬起床，睡眼阖地去洗脸间，镜子里的头发像乱了套的电炉丝。

我用水洗了，关上灯，月光明亮得像太阳光，亮得使人心神不宁，窗格子在地上映出一个巨大的黑色的井字，一直到我身上。外面载重卡车驶过，沉重的声音，开了很远，还传过来。

嚎叫般峥嵘哀伤的向日葵黄辫就是我们这一代少年生活的写照。

似乎从那以后越发地不关心头发，越发地以大大咧咧为风度，但看到跃进仰着脸去托住头发，总忍不住多看一眼，如果卷儿像弹簧一样难看，心里便坦然。

头发茂密而黑，十七岁，十八岁，十九岁。直到有一天下班回家，在绿树葱茏之间，看到一个快步而过的女学生，一头飘散的黑发使那张平淡的脸像骤然开放的花朵一般，我心里轰地一响……

我去敲一片陶醉的洗脸间门，以佳满脸惊慌地打开门，看到我，脸刷地红了，爱美又怕露出修饰过的样子，想给人留下漫不经心但秀美绝伦的印象，这是每个女孩十七八岁都少不了的美梦，只有我缺了这一截。到了像我这样熟得将老的果子，才会视修饰为专利，这实在是奢侈、光荣、享受，也是悲哀。以佳慌忙让开，黑发一闪，露出红的脸颊，滋润的额头，透出一根青青的小血管的下巴。

小树一样蓬蓬勃勃的十七岁啊。

班上果然轰动。忙着交作业、补作业和抄作业的全看着何以佳。花花公子把手插在牛仔裤袋里，摇摇晃晃走过去，说："何以佳，一只眼睛没有啰。"他用手在眼皮上抹两下，表示刮目相看。

徐吕转了好几圈，才下结论："你是正宗的直发式。"

有人说："比平时漂亮了一个平方！"

有人说："不自然，绝对。吹过风的头发总不自然。"

徐吕立刻转过身去愤怒地乱嚷。她常被旧社会叫到一年到头开一盏日光灯的办公室去洗脑子，一提到打扮便发怒。

班主任慌慌张张撞进来说早操铃响了，大家往操场去。每下层楼，在楼梯拐角都挂一面大镜子，镜子里有揪得紧紧的马尾巴，削了又长，长得像没割干净的庄稼一样短短长长的短发和男孩一样的超短发，在这些头发中间，何以佳的头发像荒漠中硕大的一朵花。

初中有几个女同学特地挤过来仰着脸看，有一个女孩前刘海卷起一串小圈圈，她们悄悄说："哟，真高级，真时髦。"

何以佳便把嘴唇张开一点，抬起下巴。

赵老师站在广播操台上。那是个水泥墩儿，据说是"文化大革命"时候挖的防空洞的出口。黑铁发卡把所有的头发都夹到耳朵后头，露出黄黄的、布满皱纹的宽额头。

赵老师是体育老师，同时也是学校政治思想工作小组分管女生思想工作的老师。因此在早操最不容易指挥的站队时，她总有特殊的威慑力。她像所有体育老师那样端端正正地站着，地地道道地举着扩音喇叭。

大喇叭在操场上空叫着：一班男生没带耳朵来，二班女生早饭没吃饱，职业班女生不知好歹……

徐吕拧过身来，一边两臂前平举一边说："巴黎时装模特全梳这种头发，高级！上次我——"

赵老师大喝："喂！二班后排，女生！不点名是客气当福气啊！嘿！后排的！"

满操场的同学都满不在乎。

徐吕挣扎着说完："我买到登丽美时装杂志我借给你看。"

赵老师跳下广播操台，握着空拳扑过来，球鞋腾腾踢起一阵灰尘。

徐吕握起空拳，把她涂上粉红色荧光指甲油的指甲藏到手掌心里去。刘明明屈屈膝盖，用裤腿盖住脚面，她穿了一双尖头橄榄跟的船鞋。后排男生有人小声骂，但看不见有人动嘴。她到何以佳跟前收住脚。

到高三，校会课最轻松，高中只对高考开绿灯，班主任暗示给我们一个特权，可以不出声地拿功课出来做。平时我们后窗总游荡着一个幽灵，巡查纪律，找人刺刀见红的旧社会。她到这节课就消失了，装没看见，只好保全战无不胜的面子。但到星期二，必定要加倍寻事，她痛恨我们看得起功课看不起她。

每次我都不一会儿就能做完功课，女生常和我对答案，班主任站在树影婆娑的阳光里，像妈妈看孩子那样心满意足地看我。她断定我今年高考准能给她脸上糊一大块金。其实女生们还在继续议论我的头发，说像外国电影里神经质的女主角，我突然觉得她们蠢透了。就伏在桌子上装睡。

校长在做报告。

今天要讲五讲四美三热爱四有三好奇装异服不得进校艺术节活动将于本月31日举行，各班要拿出优异的成绩来向党和人民汇报考试成绩以及男生女生之间互相帮助或者违反中学生守则问题当然还有男生头发的长度问题。

把耳朵贴着桌子，能听见一种嗡嗡的声音。因为桌肚是空的。常识老师说，过山洞和隧道也会有这样的声音。是小学二年级时候讲的，常识老师特别喜欢我，那时陈景润是一号英雄人物，她就说我将来能赶上陈景润出息。

小时候对陈景润真佩服得五体投地，只是没有六体，要不然必定也要一块投了的。崇拜不修边幅。差生才考虑头发问题，想当好学生的都愿意不洗脸不梳头，现在想想恐怕一个人一辈子没穿过合体好看的衣服，没梳过一种让自己变得突然漂亮起来的发式大概很可怕。姑姑就是这样，好可怜。

小时候一开校会课，我就喜欢对着桌面听呀听的，到现在这么大了还喜欢听，嗡嗡的声音使人想起遥远地方的回声，听不清楚但很美好的声音。昨晚上睡前看了爸爸给寄来的泰戈尔的诗，泰戈尔说在那遥远的地方，有一个模糊而热烈的笛声，这笛声呼唤着他去远方，但是他忘记，他没法子去，因为门窗都紧紧地关着。这是一首伤心的诗。泰戈尔能写别人心里想的但还没来得及说出来的事，所以他得了诺贝尔奖。

有理想就是要树立起远大的无产阶级革命理想要千里之行始于足下为共产主义奋斗终生。

我特别喜欢想像一个十全十美的高中女生的模样。她不该穿猫那种袒胸的衣服，锁骨高高地凸出来像个鸡壳子，也不应该像我老穿那种西装短裤，太像男的了！她不该像徐明明功课好但一点也不真心热爱功课，没有理想，也不该光唱高调，她懂得所有她应该懂的事，她不光学习好，别的也好，这个别的，像是应该比功课更广泛，更重要，比如，她知道怎么梳一个十七岁人最合适的头，梳了不像我现在感到不自在。还应该知道上次姑姑的男朋友不和她好了，她在家睡了整整一天一夜不起来，这时候我该怎么办。还有，她懂人生、将来，不怕将来会在社会上遇见的种种可怕的人挤人的事。她应该好看得没人能比。她像泰戈尔的那个笛声……

三好学生的首要标准就是要学习好，刻苦学习……一切服从党的需要党在三中全会以后的中心任务开放政策带来了经济的活跃也带来了一些资本主义的腐朽东西影响我们中学生更需要陈景润这样的天才。

从垂下来的头发缝里看太阳和树叶，连我自己都感到自己有点神秘。可十七岁有什么可神秘的？像一块空地。大家都是经历了一段神秘的故事以后才神秘，不神秘还要装，就造作。自从梳了这头，就不自在，我最恨造作，尤其恨拼命让人觉得是女人，恨得牙根痒。头发暖烘烘围在脸上，心里真失望。

中学生要特别遵守校规……

又看见旧社会的眼睛，她在看我，一动也不动，威胁的眼神。

终于下课了。

何以佳迎面撞上赵老师。

赵老师逼视何以佳。何以佳在黑发中闪着眼睛，黑很黑，白很白。

何以佳被带进赵老师办公室。赵老师坐着，何以佳站着，手扶着重重的书包。赵老师只是不言语，盯着看。

秋蝉在操场的一排大树里长一声短一声地叫。

何以佳痒似的扭着肩，伸伸腰，换一个脚，把书包蹾到桌角上。

赵老师缓慢有力、略带喑哑地开口："知道我叫你来谈什么吗？"

"不明白。"

"只有社会上那些无所事事、灵魂空虚的人才梳这样的头，所谓时髦，你知道吗？"

"不知道。"

"何以佳，何以佳，看看倒蛮聪明的，我看你天生就不知道何以佳。功课好是一方面，思想品德不是一个功课好就可以代替的。思想品德不好恐怕比功课不好还要糟糕吧。"

何以佳硬起脖梗，但垂下眼睛。

"这种嬉皮士发式是资本主义社会腐朽没落在青年身上的表现。你懂吗？腐朽的玩意儿！他们是资本主义社会，我们是社会主义社会，你们这些青年不加识别地捡别人的破烂货，像旧社会——"

"时兴倒是时兴的，不过早不是嬉皮士了，嬉皮士是奇装异服乱糟糟的头发，现在兴雅皮士，穿干干净净的衣服，烫雍容华贵的头，和中国的旧社会没联系，那时候中国已经解放了，正好是资本主义一天天烂下去，社会主义一天天好起来的时候，”何以佳突然天真起来，直视赵老师，“真的老师，我不骗你的噢，这发式是外国人从中国学了去的。”

赵老师沉下脸，心里又翻腾起酸辣的恼怒。

“不正派!”

何以佳浑身一震：“老师，请你说话要有根据，什么叫不正派!”她眼光咄咄地看着黄脑门，脑门上的黄皮肤有深的皱纹。

“眼睛是心灵的窗户，心灵干净，为什么遮着眼睛？搞什么颓废派的调调儿。”

“公安局门口的囚犯照片都露出眼睛来了，你说他们正派不正派？”何以佳死命抵着桌子，两条腿簌簌地抖，“还光脑门呢。江青梳和你一样的头，你说她正派不正派？不正派，哼，不正派，老师这样讲话，有根据吗？”

赵老师腾地站起来拉开门：“到操场上跑二十圈!”

何以佳把书包重重蹾在赵老师的办公桌上，把她端端正正放在桌角上的照片夹震倒在桌面上，透出陈黄的底面，想一想，重重朝赵老师翻个白眼，拿起书包，扣好，出去挂到高低杠上，跑起来。

操场边上的一排黑板报前头，徐吕和几个男生正在弹粉线，他们看着何以佳和何以佳被风吹得向后扬去的黑发，倒是两只眼睛都露出来了，亮得像迪斯科灯。徐吕忍不住直起喉咙喊：“加油!”

酸辣的滋味儿。这些孩子真不知好歹。我热爱这所中学，但我肯定他们没一个人相信我是从心眼里巴望他们好。我三十多年前在这儿读书时候，我们的团委书记是个少共，他为我喜欢在作文里用忧郁这个词找我谈话。他说地下党为我们幸福生活流了血，如果烈士们盼望的这一天到了，我们还感到忧郁，如何叫他们瞑目。我记得那一天，那一天我们仰望着在风里飘扬的五星红旗，心情激动，可他们呢？

完全是“四人帮”流毒，在他们身上并没有肃清，怎么能不加强思想政治工作，学校光看分数不看思想的倾向再也不能继续下去了！这样我们的第三代第四代真要变色的，这怎么了得！

他们哪里还是革命事业接班人？何以佳会狂热地去捍卫资本主义社会流过来的东西。她还是个长征干部的孙女儿，从小生长在一个革命家庭啊。乍看到她那一头黑黑直直的头发，我还以为是我们五十年代的年轻姑娘都爱梳的那种，分开，拢到耳朵后，夹一个发卡，朴素，热情，真像早晨八九点钟的太阳。我那时心呼地热了一下，但完全不是这么回事。

照片又倒了，何以佳是发泄愤怒。

那时候，我们这中学班上的女生多么好！

照片上的阳光是三十多年前的，那时候的太阳真暖和真亮堂。操场上那些树还是我们班的女生们种的，那时候号召绿化我们的校园。大家都穿黑布鞋，蓝列宁装，两排黑纽扣。把头发拢到后面，剪得整整齐齐，露出耳朵和脖子，有一次国庆游行的时候，怕剪得不齐影响我们学校的阵容，红英还给我用尺比着剪，大家在旁边笑成一团，太阳照在身上，真有股子自豪、自尊、自重。她，这何以佳怎么就不懂，就拒绝，为她着急啊！

她还在那儿一圈圈地跑，徐吕给她加油，连那些男生都跟着嚷嚷。本来我觉得她很朴素沉静，没想到她变坏了。学校的某些专科老师却因为她功课拔尖百般袒护。自私啊！看她走邪路。

照片虽然旧了黄了，那些坦荡的眼睛和笑容，那种只有心里有美好热烈的革命理想才会有的发自内心深处的微笑，是永远不会消失的。经过一场浩劫，好容易这一代人又可以像五十年代一样幸福愉快地学习，为什么她们不要别人想要都没有的东西？在“文革”那些痛心的日子里，我心里常暗暗想有一天我有一点自由，就要保护她们，让学生过像我那时一样美好纯洁的中学生活，这是我的信念。

何以佳跑得踉踉跄跄，刚测验过八百米，这孩子也够她呛。平时看她体力还是可以胜任二十圈的啊。徐吕要扑上去，她们俩倒互相同情。徐吕的手指甲又在阳光下闪出红得异样的光，不知是否又涂了什么名堂，屡教不改了！我的心跳得厉害极了，手心里满是汗，我直想砸一个杯子。

何以佳在高低杠那儿停住脚，把书包搭到肩膀上，歪过头，那一头黑发又披了半个脸，她挑衅地看着我。

回去好好考虑，明天不能再梳这样的头发进校。我说。为什么？何以佳居然屏住喘息问，想要来讨伐我。我再说一遍，明天梳这样的头发不得入校。她居然还是问为什么。我的手直打哆嗦，血在血管里突突地奔腾。如果是我的孩子，非一巴掌过去不可！

那么好，你站到操场上去，好好想清楚，什么时候清楚了，什么时候进来告诉我，我今天奉陪到底。我这样说，胃在疼，一饿就丝啦啦地疼。再不教育怎么能行，我们的第三代啊。

黄昏时候的空气真是清凉。飘过来马路上清洁工烧落叶的气味，好闻极了。我想起很小的时候，跟爸爸妈妈在平原上找石油，野地里烧的篝火，也是这气味。那时候爸爸总边听着半导体广播，边骂骂咧咧地说世界上最可恨的就是见风使舵，人云亦云，不坚持真理。那时候宣传张志新，妈说张志新真傻，爸却非常地崇拜，在篝火哔哔剥剥的声音里总叹她才是真正的有尊严的人。那是我第一次听到这词儿“真正的人”。

旧社会一定以为我存心和她作对。其实不完全是这么回事，而是彻底地不明白但想弄明白。我根本没觉得这发式好看得要死要活，但绝对不是不正派。这是对我的侮辱。一个老师侮辱学生，算个什么！

天越发黑下来，头发轻轻地盖在脸颊上，有一点玩世不恭的样子。很符合我现在的心情。姑姑六点回家，猫一定会去告诉的，她马上就会来。旧社会不是姑姑的对手。姑姑红卫兵出身。学校会轰动，我倒希望闹个天翻地覆，让学校知道我们心里憋着什么。

教学大楼的灯亮了，那儿过来一个人，一个男生，高二的，有点驼背。他走过我旁边的时候，冲我伸了下大拇指，好长好大的一个大拇指。“揭竿而起！”他说。大概我在他眼里成英雄了。我是英雄吗？英雄都是为了捍卫一个真理，而我捍卫什么？造作的头发？不值得，实在不值。我要捍卫一个值当的真理，中听的，真正有用的，得人心的，让人心甘情愿地去捍卫的。没人告诉我那究竟是什么。

晚风轻轻吹过来，操场边上那排大树飒飒响个不停。树真高真大，据说是三十年前的学生种下的树苗。很难想像这大树还有做小树苗的时候。外面马路上的灯亮起来，一盏连着一盏，远远看过去，像半空中有一条金黄的道路，在黑夜里明亮，干净，叫人羡慕。那是姑姑很喜欢的，她常说她渴望有一条空中美好的道路，想到哪儿，就通到哪儿。

旧社会办公室的灯也亮，一盏毫无色彩惨白的日光灯。

静静地峥嵘地开放的向日葵。暮色一片迷离。旧社会出来了，还那样自以为威严地说：“过来。”

我走过去，一边用手把风吹到后面的头发理到前面来，掩住一只眼睛。

枯老的榆树和鲜绿的合欢树在星的光流中孤独地叹息。

广场空荡荡

每天放学都得穿过这个广场。两个月来，我一踏进广场就喘不上气，特别是到中午，日头把白色大方块石头的广场整个儿变成了太阳灶。围在广场四周的梧桐树上，知了在隐隐约约地叫着。我想打嗝，一打，就把天长日久埋在肚子深处的害怕、怅惘、压抑，和着一上午都没消化完的牛奶味反了上来，闻着真难受。这下连放学走出灰教学楼的一丝好心情也逃之夭夭了。

这全因为事到临头改了考大学系科的志愿。这个决定把我一下子扔进了荒原。

我原先打算今年考音乐学院的，我喜欢唱歌，从小就喜欢。我能一支接一支唱整整一晚上，还自己拉手风琴伴奏。风箱虽有点漏风，但拉起来仍旧无比好听。手风琴声响亮又朴素，完全没有吉他那种故作姿态。手风琴总使我看到无比美好的情景：我把扩音器夹在手风琴上给黑压压一场子的人唱歌，我的歌声像一阵风掠过深深的草丛，在人们心里温柔地拂过。这幻想从小就长在我心里。后来又加上波波。她给我配和声，使我的歌烘托着一种纯洁温暖、充满人情的气氛。她美丽的脸在灯下如星辰般闪光。

波波是我最好的朋友，她家在我家的楼上。我妈种的十姐妹老爬到她家的晒衣架上去。我坐在阳台扶手上拉琴，她就坐在她家阳台地上和我配和声。波波的声音真纯，从我头上飘下来，像安琪尔的声音一样。

可是波波你为什么后来做那样的事！你使我对友谊产生了恐惧。二月，音乐学院开始有所动静，正赶上期末考试，我提着好几个一百分回家，当时我着实得意，四处张扬着让别人看我有多聪明。爸妈似乎这才醒过来，知道做一个唱歌的和做医生有地和天那么大的差距，他们整天对我“车轮大战”。他们求我、威胁我、发怒、忧伤、绝望，他们比报纸社论还振振有词：唱歌可以当业余爱好，但职业是谋生的第一需要，不求人，让人求的医生是金饭碗，世上什么时候也不会没医生这碗饭。爸爸突然变得精通政治经济学了，理直气壮地说：如果没有经济基础，谈什么上层建筑。妈妈哭了，她说这辈子只求你一次，孩子。她胃不好，老了想让懂医的女儿照顾照顾，至少上医院能保证那小护士不吆五喝六的。我顿时也政治起来，在心里恶狠狠地说，女儿不是你的私有财产。但妈的眼泪毕竟让我心里一哆嗦。最后，在一个有月亮的深夜，我从梦里醒来，感到爸爸一只熏满香烟味的大手伸过我头顶在给我拉严窗帘，月光照在爸爸睡意很浓的脸上，他困得只勉强睁开一只眼，冻得胳膊上每根寒毛都立着。于是，我全线崩溃了。

第二天我和波波穿过广场去上学。那时我对广场毫不在乎。北风怒吼，我顶着风走，心里觉得自己异常悲壮。我们大唱阿童木，想着他怎么在天上横冲直撞，越唱越觉得自己力大无比，无所不能。

我问波波以后和她一块做题好吗，“大概考大学我得和你为伍了。”说这话，我还觉得好玩，满以为波波顿时瞪人的眼睛是因为惊喜。可波波就此呆了，我撞了她一下，她“咚”的一声躺在方格地上了，她还瞪着我，一脸不知所措的样子。

从那天起，波波总是离我很远，像受了惊吓似的看我。当我一个人在广场走过时，才感到广场原来那么大，人走在广场里显得那么小。空旷可一点不令人心旷神怡，那全是文人胡说八道。空旷里有一种沉重的东西，看不清，但压迫着你，叫你逃都没地方逃。

广场旁边有一个小小的街心花园，那儿不知为什么总聚着残疾人，那些转椅上的人们安安静静地低语着，我想他们绝不会议论考卷得多少分，对前途会有什么影响。夹竹桃在他们头顶上开着红的白的花，有时我对他们很眼红。

为了证明我对波波的友好，怀疑是自己过敏，在班上集体排队去广场跑八百米时，我大大咧咧地拍拍波波肩膀："嘿，把从前你做过的题借我做做，我妈妈还没找到家庭教师。"

波波神情古怪地看看我："我哪有啊？我的家庭教师早不干了，我妈正着急呢！"

可我昨天还看见来着！我在厨房洗碗，听见波波妈说："波波送送王老师。"他们一路走下来，一路还说"sin"怎么怎么的。

波波你知道吗，这次你在酸溶液里加了等量的碱溶液，把我们的友谊完全彻底中和干净了。

体育老师一吹哨，我立刻蹿出去跑，广场上刮着大风，我心里翻腾着恶狠狠的念头，拼了命似的赶上跑到前面的波波。我往前冲着，心里一阵阵冷笑：瞧啊，我就赶过你，我要把你压下去。

我没朋友，十七岁，居然没有一个朋友，原来的友谊馊了。

我身边开过一辆载重车，司机一定以为我摇摇晃晃的，是被太阳晒昏了，就重重按了声喇叭，尖厉的喇叭声像沉重的铅球，在广场逼人的空寂里撞来撞去，一直撞到尽头。那声音仍旧一遍遍地回荡。

波波实在很美，她天生的鬈发像牵牛花枝蔓一样盘在脸四周，眼睛总是很温和。她配的和声从我头顶上飘下来的时候，我总感动得想哭，她的声音真轻柔！这声音也像车喇叭一样，在我心里撞来撞去，久久不消散。我肚子里一定和广场一样差不多空荡荡的。

我一直闹不明白我是心理上的不舒服，还是生理上不舒服，反正不舒服，我真怕这广场。

人们说中学时代的友谊最纯洁，最巩固，屁话。

广场靠近中央的地方，有我这两个月的秘密。每天走到这儿，我心里都涌出一种温情。那儿石头缝里不知怎么会有一丁点薄薄的泥，泥上开着一丛小黄花，向所有一切友爱地仰着脸儿。真想用手摸摸。我心里总想温柔地摸一摸我所喜欢的东西，就像我妈小时候常摸我眉毛一样。

现在我不要我妈摸。爸妈变坏了。本来他们从来不干涉我，可自从改志愿，苦难的日子也就此开始。不知他们到谁家去取了经，回家立刻变成警察，把我的歌本、手风琴、磁带、录音机统统收起来。爸咬咬牙把电视装进大盒子放到柜顶上去，把大柜压得一开门吱吱响。他们一看见我，就说，做功课做功课做功课，多吃一点多吃一点多吃一点。这时候我才醒过味来，从此和唱歌没缘分了。我真恨数学恨物理。逼着一个人干不喜欢的事，差不多也等于凌迟了他。我不明白爸妈这样喜欢歌的人，怎么会像自来水龙头一关，就再也不喜欢了。人理智到这个程度就可怕了。

妈小时候也想当歌唱家，但没当成。只留下一架旧手风琴，百乐牌的。她是个念念不忘过去的人，我一唱歌，她的样子就变得十分温柔。妈把舌头上的唠叨吞了回去，爸把对妈唠叨的厌烦扔了。有一次妈听得满脸是泪，爸就把手轻轻放在妈背上。爸爸就因为妈有个悦耳的声音，一下子发了疯似的爱上她。我们家虽然稀松平常，但这时候非常浪漫可爱。这该死的大学把所有的东西全夺了去。

爸妈分工去抄题，请老师，妈恨不得天天让我把洗脚的空都省出来。我恨得咬牙。忍无可忍的时候我就大吼："不干了!"可能叫得太厉害了，连眼泪都叫了下来。"你想干什么呢?"爸一惊一乍地问。"要唱歌!"妈在一边什么也不说，眼巴巴地看着我，皱纹包围住的眼睛里装满了讨好、内疚、恳求，但从不松口。

天越来越热了，爸爸把啤酒戒了，保证我每天有一个西瓜的营养。我一做功课，他们就禁行噤声。对他们，我又恨又爱又遗憾，怎么就落到这地步。

有一次，我晚上做功课晚了，到走廊里喝水，看到爸妈趴在厨房那满是油腻的窗上，窗外不知谁家在放录音，爸妈眼睛恍恍惚惚地盯着窗外的夜色，听别人家隐约传来的《珠宝之歌》。妈的身体甚至随着音乐慢慢摇晃。爸爸啊妈妈！何苦呢。

从此以后，我一刻不停地做功课，背英文、物理公式、"人由骨骼、肌肉组成"。有时我心里像火山爆发一样一下子熊熊燃烧起来，真想把这些阴阳怪气的书撕了。有时我什么也看不见，只想大声吼一声。这时静静闭上眼，就能听见脑门有根血管突突地叫，像机关枪在慢点射。我发现从那以后我每时每刻都渴望光脚丫，让脚心去触凉沁沁的地面，感觉地面的灰尘、潮湿，五个脚趾都分开。听人说，人被压抑以后要自由，会从下意识的嗜好里表现出来。可不是，五个脚指头要求自由，脚底心想感受新鲜东西。

为什么非上大学、非当医生不可？为什么爸妈除了上大学以外就不能和我谈点别的？我十七了，我想明白世上的事，想知道作为一个大人走上社会，该怎么对待侮辱和冷淡，想说说我们像生活在中世纪一样的中学生生活，想知道生活到底意味着什么，想知道一个中学生的使命除了考大学以外是否还有更本质更重要的。在一个人的一生中，大学是实现理想的手段还是目的。这些问题每天都在我的心里翻来覆去，可无人可说。

广场上的热气从四面八方逼着我，广场上的寂静也从四面八方逼着我，等我考上大学，一定睡它四年，绝不好好念书，我恨念书。我要拉着我的手风琴给人们唱歌，这日子准像天堂一样，只是这样太伤爸妈的心了。波波现在一到三点半就在走廊里跳绳，保持每天需要的运动量。我的天，跳绳也变成了复习运动，我真想对波波说，虽然我们不是朋友了，可我得劝劝你，别跳了，这大热的天，别中暑了。波波把十七岁能有的东西，友谊啦，理想啦，精力啦，全赌出去考大学了，要考不上准得病。

我恨死这空荡荡的广场。

下午家庭教师该来了，昨天留的功课还没有做完呢。

女中学生的传奇

一　宁馨馨

民中的油印室和化学实验室是邻居，而后是教室、图书室。那一片走廊到大考的时候，冰一样又冷又静，越发显得走廊长。窗外阳光厉害得不能忍耐。走廊里橐橐橐，走着油印老师，撩开工作服，一只手伸进去挖啊挖，掏出钥匙来，是一把又大又结实的生铁钥匙，打开油印室的门，闪进去，上了锁。油印老师走到办公桌前，又把手伸进工作服里挖啊，挖啊，挖出一把钥匙来，打开小抽屉，再从小抽屉里一叠纸下挖出了一把钥匙，开大抽屉，大抽屉里有一只牛皮纸信封，白纸封口还加了印，里面是考卷。

突然听到地上有沙沙声，油印老师一激灵，发现一张纸条慢慢从门缝外探了进来。纸条上说：

> 兹需要今年高三外语以及化学试卷，请你部协助。事成之后必有重谢。
>
> 现命你把试卷准备好，接头地点另行通知。

油印老师蹲着，不明白似的又看了一遍，跳起来，先小心翼翼地把油印室的门打开一条小缝，走廊里连鬼都没有，只有油印室那股特别的气味随着门缝溢出去。油印老师慌忙关上门，不由自主地，仿佛听见从前电影里鬼影出现时，四下里响起的涌动不安的音乐。他感到自己有点激动，膝盖抖了一下，又抖了一下。他把信塞在裤袋里，临出门时，抓了本语文书握在手里。这一瞬间，他又想到年轻时代的往事，那时一举一动都喜欢模仿电影里的镜头。眼下这个，是《野火春风斗古城》里的动作。

他心急慌忙地锁好门，又推了推，闪下楼梯，走进校长室。

民中七十七年历史，以治学严谨著称，还没出过这等事。纸条以普通教学作业本纸做底，用报纸上剪下来的字拼贴成句。校长读着，很受侮辱。他一边在心里默念着“制怒”，一边紧急召开有教导主任、年级负责人参加的会议，油印老师列席。推测这该是一个团伙所为，结论是引蛇出洞。会议室里的椅子是老式高背椅，墙上长长地围着一圈照片，是学校里显赫的校友，在校庆纪念日上灿烂的笑容，有一张是油印老师当年的同班同学，现在人家是著名科学家了，大概是请他站在中间，他摆着手推让，连脸都遮住了。油印老师心里暖暖地感慨着，几十年前他也能算一个电影学院的尖子选手了吧。那时如果不是服从组织安排，留校做团委书记，现在也许也会在照片上，也许也会像科学家那样推着手笑。

这时，只听语文老师出身的教导主任说：一代不如一代喽！悠长地叹了一口气，像衰败的大户人家，校长暗中深深地白了他一眼。

散会后，校长派教导在各走廊楼梯通道巡视一遍，确认没有人，才放油印老师出去。

想想奇怪，想想激动，想想被冒犯，想想又紧张，油印老师如芒刺在背地过了两天。

第三天，正在印家长会通知，“沙”的一声，门缝里徐徐出现了一张展开的字条。油印老师扑过去，一眼发现是通牒来了。连忙轻拨门锁，走廊里没有动静，只有尽头没人用的女厕所，传来水箱的声音，电影效果似的衬出了一派幽静。

纸条说：

经过跟踪考查，你是忠实的人，现在你将考卷放在门房信插中，外套黄色信封，不需写名，我们派人去取。

校长准备了两张过期的外语考卷给油印老师，拍着肩膀对他说：“你要像真的一样，不要慌。”油印老师心里翻了翻，突然有了角色的激动。他抹平皱而有油气的工作服，下楼，两眼平视，穿过校园时，侧过身去避一群疯来疯去的男孩子。来到信插旁边，用手摸摸头发，在这个动作掩护下往左右看看，把黄色信封插了进去，对早已接到指令的门房师傅做了个眼神，门房师傅也暗施表情。

然而没人来取。

停课复习开始，老师们焕发出特别的活力，树上新发育的知了毫无章法地乱叫，油印老师收到了一封信，黄色信封：

经过第二次考验，未发现异常，为保护你的安全，现称你为代号A3，望接信后把考卷做成筒状，塞进前操场大树下的石板缝里，事成之后，定有重谢。

敬礼。

这回是手写仿宋体，警觉里多出一点点人情。

油印老师走进楼道，向值勤教导略一点头，值勤教导渐渐走近，仿佛不经意之间，在油印老师胳膊上从上到下抹一把，信就转到值勤教导手上。他坚持把手放在裤袋里，从四楼踱到二楼，此时上课铃大作，走廊里一时鸡飞狗跳，乱中他飞快冲进校长室，联络网成功了。校长亲自布置监视办法，扩大了三名政治素质好的体育教师，他们埋伏在一楼教室里，前操场不安排值勤老师，以进一步麻痹团伙成员。

油印老师这才走出去，把考卷放到石缝下面，向一楼教室意味深长地凝视了一会儿，校长埋伏在一楼模具室里顿脚暗骂，这样鬼祟的样子，岂不要坏事嘛！

果然没有人来取。

体育老师特别沮丧。

考试就要开始，油印老师每天刷刷地印着真正的考卷。就在这时，信又来了。

六月十七日下午一时五十分，高三（1）班的门缝，把装有考卷的信封塞进去。

一查，那个时辰正好高三全体在大礼堂听动员。校长忍不住赞了一句：老辣！校长棋逢对手般地笑笑。

高三（1）班教室对面的男厕所里，埋伏好体育教师以及学校摄影，装备以及学校刚买的供教学用的新摄影机。油印老师终于在摄影机下走动了，可是他不敢再设计发挥什么，沙一声把考卷塞进高三（1）班门缝，不回头地往前走。走廊里没有人，窗户切成的阳光，在地上一方块一方块地一动不动，五楼的音乐教室里传来歌声，唱一支听不准是什么名字的歌。越走越不知怎样走法，两条腿不会拿弯儿。

走廊尽头有了动静，从男厕所往外看去，校长大失所望：是搂着肩膀走过来的两个女生。再走近，发现其中一个是高三的外语尖子宁馨馨，民中考大学的尖子选手。宁馨馨走到自己班门口，突然落下一块手绢，校长心头一凉，旁边摄影机沙沙开动起来。宁馨馨弯下腰，就势推开门，摸过考卷。

埋伏的老师看得真切，齐齐地一声吼，冲出去。宁馨馨站起来，旁边的女生扯急白脸地央告："我什么也不知道，我什么也不知道!"宁馨馨却扬起一张笑脸说："不要慌，我去找校长。"

校长引了这群人去会议室，宁馨馨见别人都坐了，就自己拖了把高背椅来坐下，说：从小的愿望就是做个女间谍，而且从小就朝这个方向努力着，听说军事学院要提前招生，又听说这类学院都靠学校推荐，也同时考查一下自己，选择的是自己闭眼能考满分的课。每天都监视油印老师，那天他到树下放考卷时，她选择了最佳角度，图书室的斜角窗。

说完了，再看看一屋哑口无言的老师，耐心地解释："要不然，你们怎么会对我有深刻的印象和了解呢!"她笑吟吟地环视四周。

二　落落

高一时，叶小萍考上了中学生记者团。去记者团的第一天，特意换上新买的白色运动鞋。在路上走了走，趁人不注意时，往脏脏的树干上蹭蹭，显得不是那么晃眼了，才拐进杂志社的大门。不大的灰楼静静的，仿佛空气里都充满了书卷气息，她拖着步子，很响地上了楼，到了编辑部，重重推开门，"砰"的一响，似乎是碰到放在门口的什么东西了，紧接着有扫地的竹扫把扑倒下来的声音，她只当没有听见。大办公室里不少眼睛抬起来，她却怎么也看不清他们，全心全意地对付红起来的脸。她觉得自己马上就要落荒而逃了，实际上却径直朝一张空椅子走过去，并重重地坐下了。

记者们从四面八方的学校来，团长是非常美丽的高三女生，而且是很有名气的校园诗人，叫吴白桦，她自我介绍时，看到叶小萍，对她浅浅地笑笑，那种落落大方使叶小萍一震。满屋的人一一自我介绍，听下来大多是重点中学的。叶小萍朗声说出自己那所普通中学时，特意向吴白桦强硬地笑笑，吴白桦又点点头，看不出特别尊敬的样子。

直到会议结束，叶小萍一直倚在椅背上不说话，吴白桦一声散会，叶小萍立刻从椅子上跳起来，挤出羞怯而兴奋地互相招呼着的同学，走了。

街上的车挤得臭死，叶小萍看了眼车门口挤得毫无风度可言的职业妇女，走过车站步行回家。走到自家弄堂口，那股熟悉的气味和声响围过来，下水道里打着饱嗝，是哪家在淘米。叶小萍屏住呼吸走过去。走进后门，撞见父亲在门口勾着头择韭菜，猛一看，糯米团似的，又白又软，她挤过去，穿过厨房，哪想到自家平时总是开着的门，现在却严严地关着，她朝门一脚踢过去。母亲正在屋里换衣，肋骨肉颤颤地转过身来，恼怒地叫："强盗坯啊！脾气倒越来越大，我一生一世熬不成婆了，对吗?"

叶小萍把书扔在小床上，额头都红了。

叶小萍草草吃了饭，就去自己小床上躺好，把布帘拉上，布帘里面映着暗红的灯光，叶小萍这才舒了一口气。她是普通中学的才女，老师把她的作文像王牌一样打来打去，而她却寂寞不堪，也是一种高处不胜寒。她叹了一口气，把床头的布娃娃拿来托着，努力使自己适应这姿势，她总觉得自己会失眠，可实际上只一会儿就睡着了，而且做了一个梦，梦见和吴白桦走在街上，不知穿了什么鞋，脚步那么响那么清脆。在睡熟的那一刻，她终于推开娃娃，伏在小床上，恢复从小习惯的睡态。

晨会课上，叶小萍拿出一张挺白的复印纸，在四角画了一串紫薇。同桌伸过头来看，还说："蛮灵的嘛!"叶小萍不言语。同桌还伸过头来，叶小萍在她脸上晃晃手指："看别的去。"同桌涨红了脸，叶小萍只管自己看一会儿天，又剥一会儿手指甲，用支天蓝色的马克笔写：

吴白桦：

你好。

你会奇怪的，那个在会上骄傲的女孩，不肯多说一句话的女孩，会写一封信给你。好久以前，我的语文老师说，有个吴白桦，情调和你很像，那时，我就注意你而且喜欢你了，我尤其喜欢你的那首诗：

有云在天上走，

有风在地上走，

有我在路上走，

有一些断断续续的诗意，

在我心上走。

我好喜欢好喜欢，但同时又很恐惧，你怎么说到我心里所想的东西上去了！我把你当成朋友，一个好朋友，我想，你也会发觉，我是一个多么独特的有个性的，而且复杂的女孩。有时，我很想去死，活着孤独，活着累。我想过很多去死的方法，甚至一片一片地收集了安眠药，一共十二片，整整一打。可是我又想当作家，那种温文尔雅的作家，我常在梦中惊醒，发现泪流满面，我多么不快活，可是没人说，好孤独，好寂寞的日子！我有好喜欢的笔名，叫落落。落落大方和落落寡合，都是我最欣赏的处世方式，我就是这样的，这是个纯情优雅的女孩的名字。

我好喜欢做女孩，而怕长大，长大是什么？是家庭妇女的满身俗气，为青菜萝卜而和小贩讨价还价，胖得肋骨上的肉都会松弛颤抖，像个怪胎。我是坚决不长大的，我相信你也一定是这样，让我们悄悄向神发誓：我们不要长大，好吗？

祝你甜甜地睡、蜜蜜地醒。

叶小萍在桌面上练习各种各样的签名，练啊，练啊，练到下课铃声响了，她签好，放进航空大信封里，走到校门口对面的邮筒那儿，投进去，信沙沙地落下去了，她还是把手指努力往里探探，什么也没摸到，才走。

那天晚饭，有叶小萍最爱吃的丝瓜开洋汤，她喝了两碗。放下碗，她在沙发上看《人论》，看得头好疼，听到妈对爸悄声说："这小鬼真能吃！"爸说："发身体了呀！"她心里微微笑了笑，随手拉过娃娃来搂着，那布身体在初夏，倒也温乎乎的。

第二天，叶小萍放学到邮局问了问，邮局说本市的信隔一天一定能寄到。

第二天，叶小萍下课去翻学校门口的信插，门房很凶地问找什么，她说找学生记者团的会议通知，门房的脸柔和起来。

第四天，上着课，叶小萍突然头昏起来，心也跳得一塌糊涂。一下课，她忍无可忍地往校门口跑，果然有信，她哗地撕开，撕坏了里面的薄纸。称呼她叶小萍而不是落落，更不是小落落，信纸上的字很秀气，说愿意做个朋友，秀气的字在纸上迟疑着，终于没呼应她所有的抒情。

回到教室，她突然疯起来，和同桌追来追去，尖声地笑。

中午放学，从学校大门出来，突然发现洒水车叫着缓缓开来，街上一时充满带太阳气味的水汽，让人回忆起夏天，回忆里的夏天纷呈着绿色和白色，叫叶小萍热辣辣的眼泪猛地涌满眼睛，扑地夺眶而出，她只管让短短的风把脸皮吹得又干又紧，并不去擦，有人略略惊异地回头看她，她也不理会，只缓缓地走，仿佛眼前有幅画，一个秀丽的女孩，满脸泪痕地在阳光里走，穿白连衣裙，黑发飘飘。

晚上又拿出信看，那秀气的字渐渐透出一些真诚朴实，叶小萍叹了口气，心里柔软下来，远远从窗口看一颗星，那星亮得发绿，那样的遥远而且高贵神秘。她叫："爸，喂！爸爸！你拿回来的复印纸还有吗?"

"有，在抽屉里。"

拉开抽屉，果然有，叶小萍抽了一张："爸，你真是社会主义的蛀虫。"

爸目瞪口呆。

叶小萍在信头上画了一棵长了许多冷漠的黑眼睛的白桦树，童话般的绿叶。

没有人理解我。除了我的娃娃，如果我死了，我把她送给你，你敢要一个忧郁而死去的女孩的东西吗？我不敢要求，但我这样地希望你能收留她，要不然，她会变成歌里唱的，像一朵花孤独地开放在原野上，是个没人要的孩子，我的娃娃，我天天抱着她睡觉直到天明，她太可怜了啊！

三毛说："强占友谊，最是不聪明，雪泥鸿爪，碰着当成一场欢喜，一旦失去朋友，最豁达的想法莫如——本来谁也不是谁的。"我实在不敢跟你做好朋友，我怕失败，我受不了失败，最最怕的，是被人讨厌，你一定讨厌我吧？那个怪怪的女孩！听说，女孩的心是伤不得的，你说呢？

我总是怀着许多惆怅和忧郁，却不知为了什么。我真想死，你不知道我真想死啊！我死后你会记得我吗？

我活着，可是不知道我该干什么？我能干什么？我该怎么去干？有时我自命不凡，有时我又很自卑，我受不了啦！

祝

永远永远地快乐。

今天才发现是二日。四日我期待，五日我焦急，六日我心跳不规则，七日我好忧郁，八日我失魂落魄，九日我万念俱灰，十日我……

落落

夜真正深了，吵吵嚷嚷的弄堂里没有了声音，掀开布帘，爸妈在大床上已经睡熟，明亮的月光洒在他们的身上，开着的窗户进来清凉的夜气，夹着树木夜间发出的潮湿，叶小萍默默地看了一会儿爸爸妈妈，轻轻走过去，摸了一下父亲的脊骨，那儿软软的热热的。

第二天进校的时候，门口三三两两的，全是匆忙而不起劲的同学，门房突然朝叶小萍全心全意地喊："哎！同学，哎！同学，中学生记者团的那位同学，有信！"

许多淡淡的眼睛特意多盯叶小萍一眼，眼睛像探雷针一样，一伸一缩。叶小萍心里一颤，扑到窗户上，说："什么事情啦，又？"一看是中学生记者团联合采访的通知，那笔迹看上去是吴白桦的，但没有任何特别的话附在上头。

第三天去编辑部，拐进楼梯，迎头看见吴白桦站在圆窗旁和编辑部的一个编辑说话，叶小萍懒懒地走过去，一拐从吴白桦面前上了楼梯，专心看手表上的分针。

开会分工前，吴白桦过来拍拍叶小萍："你是叶小萍吧？"

"是，什么事？"

"你，你寄给我的信收到了，我——"

叶小萍脸红了红，突然做了个嘲弄的笑脸，手胡乱地扬了扬，又摇摇头。吴白桦看着她不作声了。

叶小萍也没有作声。

负责记者团的大编辑招呼开会，叶小萍连忙一冲，冲到前面的桌上坐下，等了一会儿，吴白桦却没跟上来。伸手捋捋头发，转过头去，发现吴白桦守着刚才自己的空位出神。

第四天没有信，叶小萍觉得自己生了心脏病了，心没来由地就乱跳一气。下午回家，走进厨房，看见一厨房的人面目丑陋地剥葱切蒜，眼泪哗地下来了。

第五天，没有信。妈喊小萍吃饭，叶小萍倚在床上，把脸贴在娃娃身上，妈皱起眉毛："异样呱嗒！做啥啦，又做啥啦?"

叶小萍轻轻说："异样呱嗒，字典里没有。"

第六天，叶小萍算该是吴白桦在编辑部轮值，就往编辑部打电话。

嘟嘟嘟，有人占线。

嘟嘟嘟，有人占线。

叶小萍狠狠拨号，手指甲划在拨号盘上，发出尖锐的声音，听得人牙根都酸了。

通了。

"喂?"吴白桦的声音，永远暖和、智慧，令叶小萍自卑。

"喂?"吴白桦又问。

"我是落落，你为什么收到信不回啊?"

吴白桦停了停，说："我以为你已经不需要找我了。"

"你这样想？真怪胎!"

"你有什么事?"

"你不要问我，我这人从来不知道为什么，有什么事。"

"那我能干什么?"

"不知道。"

于是，吴白桦不响了。叶小萍脑子里一片隆隆的巨响："你干什么不说话啦！这么严肃干什么?"

"我不知道说什么。"

"你是觉得莫名其妙吧?"

"有点。"

"你真不理解我。"

叶小萍收了线，在电话机旁站了一会儿，长长吁了口气，走出去。太阳很好，风也很好，叶小萍突然松了口气。

三　刘平平

刘平平家住在梧桐树又高又密的小街上。底楼的房间宽大潮湿，夏天再烈的阳光射到屋里，也只剩下一小条一薄片的苍白，纸似的。父亲除了一言不发地去上课，就是埋在大椅子里读书，不抽烟、不喝酒、不看电视，软塌塌的，像割下好久的韭菜。小时候，刘平平常在大房间地上玩铁轨火车，偶尔有次抬起脸，看到他从书本上抬起眼睛，父亲的眼睛又黑又大，遥遥望着看不到的地方，她吓得暗自呜咽了一声，只觉得父亲是一个没有了灵魂的躯壳，正远远地听灵魂奔跑的声音。

母亲则怄气幽愤，从刘平平记事起，一直到现在，但却并不老，眉宇神情，总有女孩似的警觉顾盼以及不平衡。急急忙忙地洗碗，怨天尤人地洗衣，早晨头不梳脸不洗，换一条没裤扣的裤子，拿了条旧短裤，就与灰尘日日艰苦斗争，老式家具上雕着复杂的花朵，千年万年也开不败。接下来，把拖把蹾在大房间门口，她要父亲坐到沙发上去，她要扫地，又要父亲坐到椅子上去，她要拍沙发。父亲毫不负责地把自己像包裹似的扔来扔去，然而不发一言。母亲每每泄了气，扶着门框，阴阴地看着父亲的背。

刘平平知道母亲的眼和父亲的背在彼此相骂。这样的家是有毒的。刘平平常常在夜里光着脚蹲在父母房外，偷听他们争吵，然后悄悄回自己房间，细细分析猜测前无头后无尾的那些话。一个巨大的秘密在她四周浮动闪烁。七岁的夏天，父母吵得动了手，刘平平在门外，两眼一阵阵黑上来，抓上纸笔，给她的老师写信，求她来救救她。她写完，满心的恐惧悲凉也没了。把纸折好了放在口袋里，想找到了地址就寄出去。后来发现衣服让妈拿去洗了。后来发现纸条没了。后来发现父母房里好久不吵也没声音，钥匙孔里只呼过来熟睡的暖气。她长长地呼了一口气，一直松到初三。

要毕业了，她对班长有过一次极短暂的钟情，除了她自己，没人知道。旁边的人只道这孩子眼神重了。刘平平觉得自己转过一个拐角，父母的秘密又在半明半暗中闪烁游移，里面也夹带着班长的眼色。她买了一本《恋爱心理学》，又买了一本《昨夜之灯》，还买了一本《恩格斯论家庭婚姻的起源》，人生最大的秘密悄悄围着她转了一圈又一圈。

这时候她家发生了一件大事，父亲评上了教授，很快又被聘为外地一所大学的兼职教授，父亲要出差到那所大学去讲一个月学。

当天下课回来，刘平平就发现家里换了新窗帘，白色的，柔曼地随暮春的温风摇摆，时而软软地向窗外探出一些，像早几年流行的一支台湾校园歌里唱的。母亲已把卧室的家具全部重新搬过，把本来成对的沙发拆开，放一个单人沙发，前面放一块老式的踏脚毯，后面放一个落地灯。乍一看，刘平平觉得该是为单身女人准备的房间。

外面放学的小学生造造反反地吼叫着过去，衬得一个家的宁静。底楼大房间那些细碎阳光伏在地板上，像睡着的小鸟。

有天半夜，刘平平突然醒来，听到隔壁屋里有人大声地唱歌，家里从来没人这么唱过，她惊得跳下床，脚踩在凉地上，周身的寒毛都竖了起来，隔着半开的房门，她看到母亲坐在小沙发上，戴着立体声耳机，跟磁带唱，因为耳朵听不见，那声音放肆得简直走了调。刘平平回到床上盖上被，才听出那是支儿童歌曲：我要，我要找我爸爸，走到哪里也要找我爸爸，我的好爸爸在哪里，请你见到他叫他回家。刘平平把头往被里埋了埋，想象就是怀抱。这个月的最后一天恰好是星期天，刘平平直到下午都没听见父亲拍门，忍不住问母亲，母亲躺在椅子上看琼瑶，说："有什么奇怪?"晚饭时，刘平平发现锅里的饭，只够两个人吃。

父亲星期二第一节有课，星期一乘末班车回来了。一眼看去，父亲像来参观家庭博物馆的旅游者。母亲跟在他身后，他走到哪儿，她的拖把就跟到哪儿。父亲只管不作声，母亲便说："抬起脚，我擦擦你鞋底，这样我可跟不起。"父亲突然抓起旁边的一个茶缸扔在地上，茶叶在地上向四处飞快地逃去。

刘平平退到新窗幔旁边，风微微掠过时，她嗅到窗幔里的灰尘气味。

第二天早晨，在洗脸间，刘平平洗脸，父亲刷牙，他突然含混快速地说，他想离婚。

第二天晚上，刘平平到厨房拿小碗，母亲像出示证据一样，猛地亮出一张满是泪光汗水的脸说，她想离婚。

刘平平躲在自己房里，端平了肩膀，父亲趁母亲去楼下洗碗来谈了，母亲趁父亲在楼下大椅子里的时候也来谈，申报这一行动的理由。一旦向孩子打开一个家庭的全部内容，他们倒不知道说什么好了，这也遮遮，那也盖盖，选些比较光明又切实的理由出来。

刘平平发现他们的眼睛一致地注意看自己身后的书架，那全是刘平平自己的书，本来他们应该惊奇于书架上的《人论》《情爱论》，然而来不及惊奇。

刘平平说："爸，离就离吧，离了倒有新生活好过了。"父亲受了惊吓般抬起眼睛，九年前的小纸条冒了一个泡，彻底沉了下去。父亲从来没碰到过刘平平，想了想，他轻轻抚一下刘平平的小桌，站起来走了。

母亲说着说着哭起来，只抽泣了几声，就压住，半天定下神来，说一句："我倒了八辈子的血霉。"刘平平摇摇头，微微笑着。

母亲最后忍不住，说："平平我劝你一句，女人第一重要的，是找一个能说到一块的人，要不然这几十年的万丈深渊，跌不到头。"

"离婚啊！"刘平平说。母亲抬起眼，刘平平赶紧抢上一步，若无其事地看着母亲，说："妈，离吧。"

母亲终于说："还不是为你。"母亲的眼光像向上伸着的空空的手。

刘平平做出毫不知情的样子，一味地说："离吧离吧。"

心里叫：天爷！

夏天早晨，凉快了一夜的树精精神神地摇点自己的树叶，全然忘记昨天黄昏蔫头蔫脑的样子，父亲母亲去离婚，刘平平走在中间。夏天太阳轰轰烈烈地晒，刘平平穿件无领T恤，汗爬下面颊，像滋润着什么似的。

四　青春无轨

北方的春天那么长，没完没了地冷下去，突然有一天出了大太阳，平地起一阵春风，树的绿花的红，爆炸似的钻出来。这时再没心思上课，紧紧按住的注意力，扑地一下，就飞了。想那些游泳的日子，骑车的日子和小小的风摸光光的腿，撩起腿上寒毛的感觉。罗梅找出一张草稿纸，在上面画了一座山，一条大河，倒映着山的影子，一棵童话里圆圆的树、两朵花、一朵尖尾巴的云。她悄悄去推窗户，关了一冬天的窗户不灵活了。好容易才推开一条小缝，风就无声地挤进来，罗梅在草稿纸上写：

春天的雨在我头发间汩汩地流过，凉快而温暖。

停了一停，又写：

我长长的黑发在春天风里，像一块绸子一样，飘摇，飘摇。

好容易到放学了，几个男生把手里的帽子呼地扔向天空，帽子像鸟一样斜斜地在蓝天和太阳下飞过去。罗梅“哇”地欢呼一声，声音又尖又细，几乎不能入耳，可是很助兴。男生们笑笑地看着她，其中一个很笨又很真心地说：“可惜你没帽子扔。”旁边走过的女生嘻嘻笑着走过去，罗梅一阵窘，脸上却不露什么痕迹，说：“我有声音扔啦!”

走出校门，迎面看见一个女孩飘着一头黑发走过来，像从哪个青春片里走下来的。罗梅目不斜视地走过去，又转过头去看着她，养了一冬头发，去年削得短短的头发长长了，发型就成了大问题，她默默想着自己的模样。走过一家理发店，理发店在个安静的拐角上，街上也没人，理发店的玻璃橱窗上，挂着一些发型的照片，罗梅一张一张看过来，听见脚步声，她赶紧从橱窗那儿让开，装作从来没研究过的样子，把书包搭在肩上向前走，走过来的是个疲劳不堪的女人。

前面又有一家理发店，罗梅摸摸皮夹子数数，毅然决然走进去，一个人问："烫吗?"

"不！削一削。"

"洗吗?"

"洗的。"

哗啦哗啦洗，只闻到洗发水清香的气味，罗梅突然感到自己像个做美容的贵妇人，心里不自在起来，洗完头，她耸着肩膀按着肩膀上的毛巾，不知该不该拿下来。

一个人叫她坐在椅子上去，哗，围上白布，问："怎么剪?"

"短短的，后头削上去。"罗梅犹豫了一下说。

"今年不兴这种头。"那人解释说。

"我喜欢。"罗梅梗梗脖子。

"啊，有个性。"那人圆滑地说。

削完头发出来，罗梅把书包甩在肩膀上，一耸一耸地顶着一头短发，在路上走，像只麻雀，心里却充满了乘风破浪的豪迈。

到家，妈看看她，说："怎么总弄得像个假小子，长长的剪齐不是挺好。"

"那种头，像妈妈一样。"罗梅嘟着嘴说。

爸下班回来，对她说："你又当儿子又当女儿，真不容易。"

罗梅顺手在爸爸后脑勺上拍一把："怎么着?"

爸说："当然不怎么着。"

第二天，一个教室里的女生突然都花枝招展起来，罗梅的夹克和短发反而变得别致，早操队伍里，发现自己与众不同的别致，罗梅很得意。太阳真是好啊，风在天上把云扯得细细长长的，好得想放声大叫。前排的李芬斜过眼来："真疯!"她养了一冬的头发也修剪了，剪成一种精致复杂又很温馨的式样。时装杂志上说的那种"日本少女"式，只是太精致了，倒像个头套，在头上一动不动。罗梅对她摇摇头："你真小气，真像个女人。"

有个男生忍住笑走过去，李芬倒怔住了。

第二节是体育课，换上运动服去操场，男女混合打排球。罗梅旁边的那个男生老接不到球，罗梅忍无可忍对他大吼："你死啦！你还是男生呐!"那男生脸一下涨得通红，噎得要死地瞪着她说不出话。操场里的同学哗地笑起来。球长眼睛似的往这男生身上飞，男生红了眼，居然越战越勇，罗梅这边大获全胜。

中午在学校吃中饭，罗梅一路敲着碗回教室。楼梯拐角上，碰到一群男生坐在敞开的窗台上，在争从二楼这个窗户跳下去会不会死，早上被罗梅大骂的男生也在里面，见罗梅开开心心过节似的上来，那男生从窗台上跳下来叫罗梅："你说从这窗户跳下去会不会死?"罗梅过去看了看，楼下是个废弃不用的沙坑，在阳光下面金黄着，十分安慰人。远远地，连沙坑旁边一蓬奶绿的草都看得清。罗梅说保险死不了。说不定还能站住呢，比如跳高。

"跳个试试，跳个试试。"男生里有人起哄，大家都跟着笑起来，那个男生说："敢跳吗?"

罗梅又往下看看，那男生连忙说："到底是女人，大话说得不怕腰疼。"

罗梅把碗一放："你敢吗?"

"你敢我就敢!"

"你不敢我也敢呐!"

男生咬咬牙帮，眼一撩，跨上窗台，“好”了一声，人就不见了。罗梅头一探，他已经坐在沙坑上，呸呸地吐着沙子，楼上的人愣了愣，都不出声了。

罗梅撩起腿跨到窗台上，立刻有风吹动她剪得短短的头发，一头的头发都像在欢乐起舞。接着朝沙坑扑过去。旁人眼里，罗梅是突然往下滑就不见了，而在罗梅自己，却觉得自己像一只巨大的蓝鸟，缓缓下降，眼前绿树和褐色树干，像水一般落下，非常非常诗意。

倒是脚落在沙坑上，只是站不住，扑倒了，看见沙子淡黄的光芒，躺着看沙子，沙坑变成了沙漠，罗梅心里一震，又看见小草上长着雪白的绒毛，像奇异的树一样娇嫩地立在那儿。最后，看到坐在沙坑上的那男生满脸的佩服。才得意上，脚叫人剁了一般地疼起来，到医院去，才知道骨头断了，跟着那男生也被人送来了，也是脚骨断了。

上了一大坨石膏回家，班主任哑口无言的，不知是该骂自己还是骂罗梅才好。

妈妈只是张着嘴，爸爸喷地笑出来：“真有种。”

“当然。”罗梅应一声。

要在家里养三个月。

罗梅发现黄昏是那么长，黄昏渐渐来了的时候，一切都随着出现奇妙的变化。屋里的东西变得模糊，而天色突然变得透明而明媚，像一种安慰。风凉了，天光柔和了，世界像走到一扇在白天遥不可及的神秘大门跟前，而门正随着光的变化慢慢开启。门里面，是些不知名的总看不清的美好东西。罗梅每到黄昏临近的时候，都感到有种特殊的心情包围住了她。那柔情在心头揉搓，使得她带着审视和温情体会自己，有时眼睛里突然充满了眼泪。她就用自己那些草稿纸写诗，诗像一把细细的钻头，钻透了她的土地，使她心深处的温柔泉一样冒出来，又滋润了她自己。黄昏变成了罗梅特殊的享受。日子一天天过去，妈觉得罗梅一定会寂寞不堪，决定每天请假两小时，早回来陪她，谁知她晚上一说，罗梅红头涨脸地反对，妈立刻多了心，借给罗梅换床单的机会，找出一叠纸，罗梅来不及地去抢，妈气急败坏地夺下来。一张纸上写：

天空像一块面包，阳光是面包上的金色蜂蜜，四处流动着渗下去。

又翻过一张，上面写：

我是一条春水，走过洼地，我是绿的；走过鹅卵石，我是白的；走过山崖，又从上面跌下来，我是一层又薄又亮的芬芳水珠。

爸跑过来，就着妈的手看那些诗，看一眼诗，看一眼罗梅，再看一眼诗，再看一眼罗梅。

罗梅狠狠地嚷："那么好看，吃一口饭，吃一口菜吗？"

妈喷地笑出来："要的！"

爸正色说："真是你写的？"

"怎么着？"罗梅突然不好意思起来，好像被脱了衣裳一样的不自在，于是凶狠起来。

爸连忙摆手："不怎么着，爸爸妈妈为你惊喜还不行嘛！"

妈受了爸的影响，也决定不耻下问，她说："梅梅，我怎么也不明白你。"

罗梅想起唐老鸭，就叫了声："啊呃。"

花　园

从被太阳晒得暖洋洋的平厅的屋顶望下去，我家的花园被包围在市中心的人流车流里，像在污浊的河流中的一个绿岛，爸说有半个世纪长的法国梧桐，在我的眼里就像我想象中的森林，环绕在花园的四周，将我家和外面的世界隔离出来。我看到了灌木丛那边的母兔，它还蹲在被维吉咬死的公兔遇难的老地方，在那个英国种猎兔犬维吉追杀我的兔子的时候，母兔曾逃得不知去向，后来爸把狗关到楼上去了，它就出来蹲在那里看死去的情人，我相信它们是兔情人，这种事就像歌里唱的一样，把公兔拿走了，它就天天站在那里，我想它会抑郁死去。它可是个雪白雪白、美丽柔软的兔子，站在春深的绿草里，画似的。那个情形使我难过。

我在公兔死的那天晚餐时，就说过要给它再买一个公兔子来，说没地方养的奶奶说："将来的阳台连两张躺椅都放不下。什么样的高级公寓都是一样。"说着她从菜碗里用高高夹住的筷子灵巧地将一块青青的菜心送进她的嘴，像我们学校里最美的数学老师在使用圆规，不管奶奶如何恶毒，不管她怎样响亮地发出嚼的声音，我还是想起爸爸的话，奶奶是个举止优雅的大家闺秀。

我连连看爸，爸还没听见，他那么小心地在用筷子剔清蒸鱼上的小刺，以至于那用得发棕的象牙筷都抖起来，捉不到那些小刺。爸说过他最恨的是在饭桌上拿手指伸进嘴里拿鱼刺出来。大家吃饭，开着的窗前，传来了花园里的傍晚气味，花的气味，草的气味，还有春天的法国梧桐树皮的气味，它们的树身像蚕宝宝一样地蜕皮，斑斑驳驳的，像阳光下的树影。这是我们花园最美的时刻，我几乎能想象出它作为一个七十年前的乡间别墅的样子，那时奶奶和我一样大吧，也许是她也是因为喜欢她的爸爸把它作为嫁妆给了她？奶奶从来不说，我也不知道事实是怎样。

爸爸喜欢说从前的事，又常常被奶奶批判。奶奶满脸的皱纹，在那时条条皱成一个个痛恨和讥讽的笑，等爸爸高高兴兴说完，她说："你怎么知道？1949 年你三岁的时候，你就是人民中的一员了，三岁是没有记忆的。真是自作多情得很。"从小到大，语文课上的许多词，都是在这样一颗心乱跳的时刻学会的。这时我的爸爸的样子就是叫无地自容。

我家又老又旧的房子里的奶奶和爸爸，在挤得汽车接龙的市中心我家的大花园里的维吉和兔子情人，这种斗争，真像小说。将来也许我能成为作家，我想这是个浪漫的职业。我是个爱爬到客厅的屋顶上，让那些方方的德国瓦暖肚子的女孩。爸看到的话，会在他的画架边叫："当心，踩坏了德国的瓦，再配不到了。你自己也当心一点，摔下来也再配不到了。"花园里的平厅的瓦，是爸出生之前的瓦了，那时奶奶还没有出嫁，她的爸爸是一个大买办，为德国人做事。在我看来，那都是故事了。

我看见一辆白色的大轿车摇摇晃晃挤到马路边的自行车流里，向我家的大门开过来，然后停下来。他来了，爸的堂哥，和爸爸长得真像，那个香港人，指甲里一点灰也没有。我看到奶奶在她的窗前戴正她的假头发，她平时总是戴得有点歪，没有人敢纠正她，她穿了一件旧衣，在菜场里走来走去像扫地的人戴歪了工作帽一样。我在房顶上也为爸爸松了一口气。在屋顶上看不到爸爸，他的窗像新铅笔盒一样关得紧紧的。

堂叔叔来接我们全家去吃饭，他七五年的时候从上海去了香港，去的时候也没有什么家产拿去，靠了奶奶家的一些旧朋友，这些年也发了财，回来想买我们的花园。爸爸以为我不知道，他和奶奶说这些事，总出来进去地关上门。

奶奶住的一楼，春天一来，让院子里的大树遮得不见阳光，对面造高级公寓打地基的时候，把背面的墙也震裂了，那时，爸爸说让人来修，奶奶说没什么可修的，又没有钱大修，七十年没修的房子坏一面墙不算什么。爸爸吩咐用人做一面厚布帘遮一遮，奶奶说弄得像马戏班子。爸爸最后从平厅里搬了一幅大画来，画的是花园的夏天，树丛里开满了蔷薇花，那是爸爸凭记忆画的，把手里为一个外国人画的肖像停下来，那时花园里全是落叶子，爸爸的蔷薇也画得不很真实。奶奶又说她这里像仓库一样。堂叔叔来了以后，一天，我听见爸爸在奶奶房间里说："钱是容易来的，千千万万的钱都会来去，可是花园只有这样一个，现在全上海就剩下这一个花园了，你和我的这一生一世，都在这里。没有了花园，我们和外面人有什么两样。"我听见奶奶说："本来我卖不卖，都一样，就凭你这样说，我就要卖。"那是个春深的中午，阳光灿烂，花园里温暖的植物和潮湿的泥土气息，使我的后背很暖，老房子开着的窗子里，一阵阵地有冬天残留下来的陈旧寒气，使我的前胸感到冷。

按照奶奶的想法，我们去外滩的东风饭店吃饭，算是答应卖了，堂叔叔为我们买公寓，再贴一笔钱出来。奶奶说从前那是有名的上海俱乐部，上海有钱人去的地方，有极好的三十年代的情调。奶奶说完指了爸爸一下：“那时候你还没出生呢。”倒车的时候，堂叔叔压翻了爸爸早晨从花园里清出来的落叶，都是春天以后的绿叶。爱睡懒觉的爸爸在这时，会花一个早上一个上午弄花园，然后说，我这做惯了少爷的人来做这种苦力。车子摇晃着从落叶堆上压过去，堂叔叔噢哟了一声，说：“这个工人拆烂污的。”我看见爸爸狠狠地在奶奶背后瞪了他一眼。

一路上是堵车堵过去的，如今来到上海做生意的人多了，改革开放了，马路上也走不动了，堂叔叔的车里香喷喷的，可是没有一点空气，我觉得头也晕了，我想开开窗，可是不知道按什么，爸爸拍拍我的手，奶奶说：“这孩子没坐惯这样的车。”堂叔叔反手过来帮我，窗子是打开了，可是路上也全是汽车的废气。堂叔叔说：“这地方到底有基础，一两年，就和香港差不多了。在香港我也从不开窗。”

在兰心大戏院那里，一直没说话的爸爸说：“香港算什么，租界的时候，兰心演美国的新电影，东京有钞票的人也来此地看电影。”

堂叔叔说：“那是那是。”

奶奶说：“兰心修成这种样子了。看上去滑稽来，像一粒假牙齿。”说着她自己先笑起来。

东风饭店里挤了大队的人在等吃美国肯德基家乡鸡，奶奶瘦小的身体在人堆里拥来拥去，堂叔叔过去扶她，爸爸推了我一把，说：“活该。”我也挤过去扶奶奶，堂叔叔一个劲说：“我说过这地方不比你那时，我们马上换到希尔顿。”

奶奶说：“不要不要，蛮有意思的，买美国穷人吃的鸡了。本来是我们礼拜六吃大菜的地方。”

奶奶转过头来问我："你说这里好不好？"

我说："旧旧的，有什么好不好。"

奶奶说："对，妹妹说实话。"

我们好容易找到了餐桌，又高又旧的大厅里，天花板的四周，有一些小天使和玫瑰的雕刻刷成了和天花板一样的白色，在描写二十世纪欧洲生活的外国电影里，我看到过。爸爸说，这是上海的三十年代的美国遗物。

四周真吵。乡下人在饭桌上谈生意，大声地说到泰国看人妖什么的，好像是才从那里回来的，说那里的大象懂得拿鼻子去摸游客的屁股。

爸爸保留下来的那点三十年代的沙龙音乐，爸爸在录音机上配好的进餐音乐在这里放的话根本是听不见的。

虾仁有味道，铁板烧弄污了本来就不干净的桌布，荷兰豆咸得不能吃。爸爸在剥指甲里的油画颜料，堂叔叔的眼光飞来飞去，像一只蝴蝶。奶奶说去洗手间就离开了。

爸爸说："妹妹，你还记得爸爸配的音乐里有一支曲子，叫MOON RIVER的吗？"爸爸看了堂叔叔一眼，"那是爸爸最喜欢的一张唱片，是'文化大革命'前，从国外寄来的最后一张唱片。那时堂叔叔还在上海，他那时在里弄的生产组里，他来我们家听到这张唱片，也喜欢极了。那时候我和他就坐在兔情人那地方，那天下了大雾，灯在雾里像一个纸灯笼。我打开平厅的门，MOON RIVER就这样在雾中传来，那时我们都觉得太美了。对不对？"爸爸问堂叔叔，他笑了一下。

爸爸说："后来，'文化大革命'开始，抄家了，堂叔叔说他的女朋友家是个职员，是安全的。而你的妈妈是个欧亚混血儿，于是我把唱片给了他。后来，我听说他请妈妈到他家听唱片，那时我和他一起在追求你的妈妈，他在那时没有转移唱片，就被红卫兵抄掉了。但是你的堂叔叔真的是一个能干的人，他跟到了废品回收站，用一块手表把唱片又换了回来。我听说以后，去他那里把唱片要了回来。那天，你妈妈也来了，我们在平厅里，把声音放得小小的，那时，抄家的风去对共产党干部了，我们已经是没有什么可抄的了，那天堂叔叔也来了，我们看着洒满了月光的花园，第一次又注意到了，月光还是一样的安静和明亮，非常美好。那是爸爸最心爱的晚上。后来风声又紧了，他又来借这张唱片。"

堂叔叔抬起头来，看着我说："我来接着说好了，我非常非常喜欢这唱片，又看不到前途，又找不到音乐，那时你的妈妈和你的爸爸就要结婚了，我觉得一无所有，就再三再四不肯还，最后只能对他说，我不小心坐碎了。我和你的爸爸，从小就不要好，因为我们一直是喜好同一样东西，命中相克的。"

在爸爸和堂叔叔都看着我的时候，我发现他们的眼睛真的很相像。

堂叔叔说："花园的事。"

爸爸打断他，让我去看看奶奶为什么那么久不来。

我挤出大厅去到外面，没有奶奶的人。我从一条灯光昏暗的走廊到了洗手间。那里的墙上有一面泛出了水渍的大镜子。奶奶站在那里抽烟。那镜子虽然旧了，可是一点也没有走形，奶奶白色的烟在那里丝丝缕缕地起伏流连，大家都在大厅里面大吃大喝，这里很安静，里面的水箱在漏水，有拖得长长的滴答声。

奶奶回过头来，我说："爸让我来看看。"

她说："有什么好看。"

我们回到大厅里，远远地看到爸和堂叔叔互相瞪着，奶奶说："你看你们，乌眼鸡一样。"

我说："我爸才不是。"

奶奶说："所以更烦。"

说着奶奶看看我说："好好地做能吃苦的人，到美国去，妹妹，奶奶来给你出机票。"

吃完了饭，堂叔叔按照奶奶的想法，到和平饭店的酒吧去听爵士乐，说那是个演奏三十年代曲子的乐队，是当时就在上海吃这行饭的老人。我没有听出什么好来，震耳欲聋可是又很慢，奇怪的感觉，依稀听出来爸爸的磁带里的曲调，是爸爸制作的一盘啤酒背景音乐磁带里的。这里的确是个怀旧的地方，老得一片鸡皮肤的外国人，在音乐里跳着老式的舞蹈。

堂叔叔把奶奶请去跳舞了，爸爸在一杯鸡尾酒后面有点吃惊。他说："他一定是在那边学会的。"

奶奶一开始还安静，不一会儿，她就灵活起来。她那穿着旧的确良蓝罩衣的身体里，像烟一样散发出音乐的内在气味，她舞得就像是个从仙女的咒语里逃出来的巫婆。堂叔叔很快就带不住奶奶了，大家都注意到了奶奶，有人停下来为她鼓掌，有个外国老人走上前去，弯了弯他的大啤酒肚子，陪奶奶跳起来。奶奶的肥大的蓝罩衣突然变得像化装舞会上用的一样了。在台上的乐队站起来，所有的老嘴唇和老手拼命地动。奶奶，奶奶，奶奶紧抿住的嘴里只有七粒牙。我们桌边有两个外国人站定了，爸向他们说："哈啰！"他们说："It's great！"

爸说那是他的母亲，爸爸的眼里是对他妈妈的欣赏和认同，我不明白为什么奶奶从不这样看爸爸。他问他们从哪里来的，他们说从德国来。爸的眼睛亮起来，他说我们的祖上是和德国人做生意的，从来家里都爱德国，德国的音乐、德国的房子、德国的东西。他转过头来对我说："堂叔叔的爸爸最爱德国的电器。"这时乐队开始演奏一支华尔兹，施特劳斯的，爸又说："我想在德国一定到处都是这样的音乐吧?"

德国人拼命地摇他们的金发的头："It's old fashion."

爸有一点发呆。

这时有一个人来请我跳舞，那是个头发梳得很亮的男孩，和我们班上的人都不一样。爸爸点点头。我是第一次在酒吧里和陌生人跳舞，心里有一点紧张，我小心翼翼地把容易出汗的手心，从他的手里移开一点，我记住爸爸的朋友的话，只看到他的耳朵。这是一支老舞曲了，我小时候在爸爸妈妈的平厅聚会上常常听到，MOON RIVER。

那是我的小时候，"文化大革命"结束了，妈妈还没有到美国，爸爸他们的朋友每个周末都来我家，在花园里听唱片，在平厅里跳舞。爸爸骑着旧脚踏车，在上海的小店里找一种绿色的粗蜡，到听爸爸自己配的古典音乐时，就在花园的藤椅边点起来。这时候我总是被妈妈赶回房里去睡觉，妈妈说到十六岁啦，十六岁了专门为你开一个大舞会，像书里的贵族小姐。我在自己的窗前看着他们，爸爸妈妈已经不会跳舞了，他们在跳舞人们的边上相拥着跟着音乐摇摆，在晚风里，摇曳的烛光把他们的影子拉得长长的，现在十六岁到了，十六岁过了，妈妈到美国去了，我学会了跳舞，可，妈妈她没有看到。妈妈走了以后，爸爸再也没有跳舞了，爸找不到像妈那样不需要他带的舞伴。可是爸没和妈一起去，他说他不想去那里打工和穷人住在一起，爸一直说自己是个情种，却哭着送妈妈一去不归。奶奶说爸是爱国先锋。妈妈在临走前曾对我说，让我记住，爸是真正的精神贵族。妈妈的眼睛在阳光的阴影里，泛出了犹豫的蓝色，她说："我不是，我没有那么坚强，所以我要走了。"

爱国先锋在欧洲老式的褐色小圆桌后，轻眯着眼睛在听他几十年来心爱的曲子。

爸爸一直说他在刚刚解放的童年时代，就拿了小板凳，在平厅的无线电边坐着，听那时电台里的美国流行音乐，和后来的沙龙音乐。那时花园里还有一个园丁，种着大片大片的欧洲种的郁金香。他爱那样的生活。我从小到大，看到的，是爸在画上海各种各样的欧式老房子，它们总是在暖融融的感伤阳光里静静伫立。我听到的，是爸自己拷贝的音乐，后来听到了别人家的CD，我才知道爸的录音不好，沙沙的是电流的声音，扑扑的，是密纹唱片上的浮尘。奶奶说爸爸根本不知道什么是上海，在那里瞎起哄，可是爸他喜欢，又有什么不好，不过爸他真是太怀旧了，太怀旧了。

舞曲完了。我们纷纷回到自己的桌边。堂叔叔说，这下算看到奶奶的真面目了。奶奶哧地笑了一声："什么真面目？在这种老慢掉半拍的音乐里，和一个外国退休小职员跳跳舞，什么了不起的事情。"

这时，Disco震天动地地响了起来，原来坐着的人，都推开椅子去跳舞。我第一次看到外国人和中国人在一起跳舞，外国人跳得像猴子，中国人跳得像蚱蜢。先前的那个男孩又来请我，我和他去跳舞了。在那么强劲的音乐中，他大声问，我为什么会和刚刚那个很有来历的老太太坐在一起，我说那是我奶奶。我想我在告诉他的时候，是有一点骄傲。我想起来，在我很小的时候，说起奶奶和我的这个与众不同的家时，还有忐忑的心情，资本家总是不好听的吧，现在被人又羡慕了。男孩看我的目光果然多了点什么，他看了看坐在桌前的我家人说，你奶奶他们来这里，一定觉得昨天再现。

我跟着他的目光去看我家的人们，在舞场的射灯里，我觉得他们像是一些黑白的照片，偶尔被风吹到了这里。爸爸、堂叔叔和奶奶，他们长得真像，他们眼睛里的神情，真像。

奶奶站了起来，她向外面走去，她的假发又有一点歪，又像清道工人的工作帽了。她小小的身影，在旧旧的大理石的大堂里，有一种非常奇异的和谐。

爸爸也站起来跟出去。

堂叔叔的目光在跳舞的人群中找我，我连忙回去，那男孩在我后面要我的电话号码，他说了一句英文，有点旧电影里的意思，我突然就生了气，我说："我家里的花园都要卖掉了，我家不像你想的那么有趣。"

我问堂叔叔，是不是要走，他说不。他拉开椅子让我坐，说："妹妹这次是真的长大了，你长得像妈妈。"

我看了他一眼，没说话。从前我在家里没见过他，原来是因为那张唱片，他和爸翻了脸。可是在我的心里，并没有把它看得有多么严重。这么大的人，像小孩子一样。我不要和他说话，是因为他要买我们的花园，他让我的爸爸难过。

他看着我，那眼光很温和，我想他是在想我的妈妈。

我说："你真的喜欢我的妈妈？"

他说："那都是以前的事情了，你爸是情调大王，他赢了。"说着，他打量着我说，“你的眼睛像妈妈，在有阳光的时候，也会变得有一点蓝吗？你看人的样子也有一点像。”

我说：“那你为什么还来抢我妈妈最喜欢的花园？你有那么多钱，我们只有这个花园。你是要报复爸爸吗？你为什么不给妈妈留个美好的印象。要是我是你，我就不这么做。”

堂叔叔笑了一下：“我懂你的意思，一脑子浪漫的小姑娘。我身经百战，不那么浪漫了，不会为了过去的女孩放弃我一生喜欢的东西。”说着他飞了我一眼，他的眼神和爸的一样，飞快而锐利，我的脸哗哗地热起来。他说：“我也不是和你爸爸争一张唱片的年轻人了，不想报复。我是要重建我心爱的地方，我要实现我小时候的理想，我要有五十年前我看到的那个大花园。”

他弯腰从他的大皮包里抽出一个大夹子，我看到他的头顶，那里只有很少的头发了。他在桌上的蜡烛杯前打开它，里面是一些真正的黑白照片，有一些小男孩、一个大花园、有喷泉的大花园。我想起了灌木丛那边的小土坑，雨季的时候，那里是小飞虫的平静的湖泊，春天的时候，我的兔情人在那里约会。

“你见过？”他问。

“没有。”

他说：“你见到的是一个败落了的花园。在我小时候，这花园里有荷兰种的郁金香，德国来的草坪，平厅里的家具全套从欧洲订来的，是四十年代最时髦的样子。你爸爸就是天天当专职园丁，也做不到恢复它，而我可以。我一年以后就可以让你看到从前的花园，到了有雾的晚上，我放高保真的 MOON RIVER 来给你听。说到理想，我们这种铜臭生意人也有的，就是这个在童年记忆里面的花园，我以为这一世没有希望了。”

堂叔叔在强劲的音乐里大声说着，像是发表宣言，他脖子上的一根筋鼓得好高好高的。我看到奶奶出现在他的身后，像一个鬼魂。然后是爸爸，他们隔着他的身体看着桌上的照片，在跳跃的烛光里，那些陈旧的人脸和无色的花朵也好像是有了生命一样，在微微颤动。

音乐戛然而止，在旧黄的厚玻璃里的灯又亮起来，堂叔叔好像被制止了一样，向后一仰，闭上了嘴。

奶奶拿过他的照片夹子说：“说得蛮有趣的。”

我看看爸的脸，爸的脸突然变得又窄又长，我想起在妈走的那天，爸也是这样。在突然之间就改变了他的脸。爸拿起桌上的酒，向堂叔叔举了举，喝了进去。

奶奶看了半天那些照片，又看堂叔叔的脸，她的脸也渐渐开始变得窄而长了。大家在又起的音乐里不说话。爸说：“这是《我能通宵跳舞》，也是在那盘唱片里的。就是那盘你堂叔叔没有还给我的唱片。”

堂叔叔对奶奶说：“上海到处都在复旧，我一路上就看到在修老房子，华亭路上的新房子也照洋房的样子在造起来。”

奶奶说：“你刚才说的都是真的？”她用手指弹弹夹子。

堂叔叔说：“是。”

奶奶说：“我不卖了。”

奶奶咕地笑了一下，眼睛在她的毫无光泽的假发下闪闪发光，“浪费了你的饭，我告诉你一句话代替饭钱，我最恨的，就是假牙齿，假装没坏。我不要留它给儿子，是因为他这一生都在为做一个假牙齿而奋斗，我不卖给你，你也一样，你那香港，是白白去了。”

我大大地松了一口气，好了好了，花园不用卖了。

男孩在那边看着我，我站起来去跳舞。

那天我半夜里醒来，也许是因为喝了酒的关系，我想喝水，我起来到外面的走廊里喝水，夜里真安静，我们的老房子发出叽叽咕咕的声音，小时候我害怕，以为是鬼魂什么的，现在我不怕了，它反而让我想起不少从前的事。我喝着水再次想，长大了我要当一个伟大的作家。

回到床上，我路过面向花园的窗。我想起堂叔叔的那些照片，德国的草，荷兰的大郁金香。深夜明亮月光里的花园，也像是一大张黑白的照片。树上隐隐约约的白色，是丁香树在春天的花朵，他们说那是德国来的树，在爸还没出生的时候的事。在中国这么多年，它的花已变得很小很小。爸说原来在它的旁边还有一棵大的，开紫花。在“文化大革命”那年，慢慢地死了。爸说那树也知道气数到了。

我看到，从前爸和堂叔听 MOON PIVER 的地方，那个矮矮的灌木丛里，有一个白白的东西一动不动，是兔情人。它还守着那地方。

我突然觉得是那么那么伤心，我哭了。

晾着女孩裙子的阳台

一

亲爱的爱德华：

今天我们终于考完试了，老师要批两三天考卷，所以我们明后两天在家里休息，不用去上学，于是，我又可以给你自由自在地写信聊天了，这才是我最喜欢做的事情，我亲爱的亲爱的爱德华。

今天吃晚饭时，我和妈妈坐在桌边吃鱼的时候，听到隔壁人家的电视里在响亮地报告高温天气的到来，那声音绕过他家的窗子和我家的窗子，和烧菜的气味一块传了出来。

妈妈一边吸着鱼头里的一小块脑子，一边满足地说："上帝保佑，你算是考完了。"妈妈这时候完全忘记了她说过的，吃饭看电视是最没有教养的行为，她自己侧着头，像鸟一样眯着眼睛听高温的预报。她说："要是还没有考，不要你死掉嘛！"

考试其实是为爸爸妈妈的理想发扬光大，他们小时候想出人头地，可是没有做到。现在我是他们实现理想的桥梁，所以妈妈的脸一到考试的时候，就要像鸟一样，你见过那样的老鸟吗？毛稀稀的，在中午没人的人行道上一跳一跳地走着，一片树叶子落下来，就吓得哗地飞掉。

其实我并不害怕高温天气，天一热，马路上的蝉整天高唱，毫不疲倦，知道啦知道啦，它们像一个密探一样这么叫着，真好听。我在爸爸妈妈的红木大床上睡觉，睡得像一直往一个又凉又深的青青的树洞里掉下去的爱丽丝一样，无穷无尽地掉下去。睡热了这边的席子，翻到凉凉的那一边去接着睡，我家的大席子油亮油亮的，是他们结婚时买来的，睡了这么多年，说是席子吸掉汗越多，就越油亮凉爽。就像妈妈在我耳朵边从小说到大的那句话一样：付出的努力越多，将来成功也就越大。他们努力出汗，让我享受一块很凉很滑的凉席，蛮好的。我有点喜欢不劳而获。

我在想，我终于可以放假了，两个月的长长的，长长的暑假啊，用不着天天上课去了，离那名利场远远的！

可是，两个月的时间，一个人在家里呆着，是长了点。每个暑假都是这样，刚刚开始的时候，很新鲜的，可是一星期过完，天天都一个人看大俗的电视，睡大觉，吃脆皮冰激凌，到名装店里去碍手碍脚，看乱七八糟的书。一个人用不着张嘴说话，偶尔张张嘴，你知道，我自己都能闻到嘴里有股味道，像被焐了的西瓜味道，酸兮兮的，我不喜欢。

亲爱的爱德华，你不知道，你不能相信，我没有朋友。我们学校因为是很好的学校，考上大学的比例有百分之九十，所以小孩子都是从全市各地来的，自行车库大得像我小学里的操场。大家都不太认识，一般的情况是上学时候来上课，一放学大家都急着走，避开交通高峰时间。我家今年新搬了家，搬到二十六层的一栋高楼上，那高楼像操场上的旗杆一样竖立在马路上。

新大楼刚刚造好，每家人都装了铁门什么的，就是家里有人，也锁得死死的，像电影里的监狱。走廊里，永远是安静的，暗暗的，有股渐渐消失的水泥气味，我从来没看到过这楼上有小孩。

可是我知道一定有小孩，我看见过阳台上有小孩的衣服晾着，就在我们隔壁的阳台上，就有，一条有好多花边的裙子，很好看的裙子啊。我想一定是个漂亮的，像公主一样，多愁善感的小姑娘，有一张特别白的脸，可是我从来没看到过她，也没有听到过她的声音。

想到要一个人过一个那么长的暑假，其实我心里是很腻的。

其实，真的没什么好开心的，上学也没劲，在家也没劲。

总归是没劲。

今天晚上妈妈让我看电视，这是考完试以后的奖励，多少次复习时觉得我马上就忍不住要发疯了，脑子里的一根大血管突突突地跳着，那响声连我自己都能听见，我总是赶快再想一些美好的事情，像考完试以后痛快地洗一个澡，然后头发湿湿地到冰激凌店里去吃四个球的冰啦，像躺着看午夜影院啦，像吃满满一小篮冰冻过的荔枝啦，这些要趁妈妈不在的时候。像偷看爸妈藏着的旧信啦，爸爸那时在黄黄的信纸上叫妈妈“温暖柔软的小手”。现在爸爸只叫妈“老婆”，妈骂起爸来咬着牙，像是要吃他一样。这就是时光流逝啦。

晚上的新闻里又有报道盗窃的贼。妈妈把眼睛瞪得大大的，盯着电视，电视的蓝光一闪一闪，妈妈的脸又变成了鸟了。她说：“现在的人真下流啊，晚上抢路上的女人，白天抢小孩的东西，在店里偷，在人家大门口骗小孩去卖，弄到现在，闭上门在家里，跟着家里来抢了。”妈说着把脸霍地转向我，我连忙说：“好啦，知道啦，不要上街去买东西，不准叫同学到家里来玩，人家敲门不好开，也不要搭话，报警电话：110。”真的老早就知道了，从我会走路开始，我妈就告诉我，上街谁也不要理，谁叫也不能跟着走，连认识的爸爸妈妈的老朋友也不可以跟。在家里不要开门，有人敲门在门里面和他说话，这都是我在幼儿园就学会的道理了，我是爸妈的心肝宝贝，我死了他们也不能活，好像他们是为了我活着的一样。

其实真好笑，我还以为我是为他们而活着的呢。

爱德华，能给你写信可真好。现在我还觉得爱德华这个名字有点生疏和滑稽，但我想一定会很快就适应的。你比我们班上好多同学偷偷交的交友节目里的笔友要安全多了。我表姐小洁也交了一个笔友，本来在纸上抒抒情蛮好的，小洁老把自己表达成一个像林黛玉一样的人，吓人兮兮的。可是后来他们约出来要变成真正的朋友，小洁见到了那个笔友，那个男孩恰恰是小洁最恨的胖子形的，小洁这下子愁肠百结，气得一个星期都没有笑脸，还抢着电话一小时猛打电台热线，为她自己点一支叫《心痛的感觉》的歌。

你可真好，爱德华，你那么浪漫，那么英俊，你是真正的奥地利王子啊。你有金发和蓝眼睛，这是我最向往的，多么的不同。是不是很虚荣呢？可是这世界上，谁不喜欢十全十美的事情呢？我就爱给你写信，好像是在和你说话一样。给你写着信，想着你，我就想清楚了，其实我很怕将要到来的那个暑假，我的天，那么长的日子！一个人。

在这个暑假里，我无论如何得发现一个能像兄弟姐妹一样相处的朋友。妈说，有兄弟姐妹有好的一面，小时候没人敢欺负她，一吵，就说："让我大哥二哥小哥，统统出来打死你！"可是也有不好的一面，吃穿玩具，什么都是均分的，新的东西老大最多，这就是辩证法。

我愿意把所有的东西都给妹妹，只要我有一个，或者朋友，我一定会对她好得呕心沥血的。

爱德华，你保佑我啊，保佑我有一个不同的假期。

你的小敏

二

亲爱的爱德华：

今天晚上是高温过后的一个用不着躲在空调屋里过夜的晚上，我在高温天气里真的昏睡百年一样地睡得死去活来，因为只能在屋里呆着，不一会儿就爬上床去，然后，就很自然地睡着了。后来还整天泡在浴缸里过。小时候我妈吓我说：如果手指起皱了还不从浴缸里出来，就要死掉的。小时候我怕，现在我可不相信她的话了。我在浴缸里读完了一套武侠小说，还吃过一个清蒸童子鸡，那鸡里面一定又加了人参当归什么的，有一股子药味。如果去问妈，她一定又要赖掉说没放。大人一旦想赖什么事情，本事比小孩大多了，所以，我都懒得跟她说。我妈在我说谎的时候总能一针见血地指出，原因就是她自己老吃老做，经验丰富不过。

今天晚上，我在阳台上搭了一个小竹床睡觉。这时我才发现，原来天上有许多大大小小的星星。原来星星出来的时候，天像一张长满了雀斑的脸一样，俯视着大地。星星又碎又小，可是等你睁大眼睛死死盯着它看的时候，它就动起来，而且会一点一点地变大。长这么大我这还是第一次看到这样的星空。看着看着，不知为什么我心里难过起来，我那么难过，以至于后来我想要哭出来。

记得小时候看过一个童话，童话里说，每一颗星星上都住着一个小王子和一朵玫瑰花，小王子很想把玫瑰花采下来送给别的什么人，可是在那个星星上面，总是只有他一个人，他很孤独。

妈过来给我换大一点的毛巾毯，她说："想什么呐，眼睛乌落落的。”

我说：“反正也不是早恋什么的。”

妈“啪”的一声把被子扔到我身上，说：“谅你也不敢。”

这种妈，有什么好说的，“温暖柔软的小手”，她忘得光光的。

这个星期虽然一直高温，可我还是尽量呆在走廊里，或者拿点什么事情到我家的门厅里去干，锁上铁门打开大门，能听见电梯在走廊深处的那一头当啷当啷地响，可是我这样努力，还是没有看到那个隔壁的女孩子进出，她像消失了一样。有时我猜她大概到外地去了，可是阳台上又总能看到她换洗的衣服晒在那里。她家的阳台和我家的连着，在打开冷气机的时候，阳台上有种很萧条的炎热和荒凉的气氛。一只红色的塑料桶放在排水口那里接机器滴下来的水，那一定是在同一个菜场边上的那个乡下人那里便宜买来的。

爱德华，你说怪吗？我家和那女孩子的家，有如此相像的地方，却总是不得相遇！

这个星期，爸爸回来见我百无聊赖的样子，说是不是打电话让小洁来住几天。小洁和奶奶住在一起，奶奶说小洁整天在家里给她的狗洗澡，洗得一浴缸狗味道，还不让说，一说就又哭又叫，像个神经病。爸是个大孝子，怕小洁在家气着奶奶，就让祸水流到我家来，还说来给我解闷。小洁的绰号叫“百叶结”，就是因为她最难缠，像百叶打结一样。

妈说：“算了吧，小敏和小洁，是两只刺猬，挤又喜欢往一起挤，一挤又刺疼，一疼又要吵，哪一个暑假不在一起玩，玩不到两天就吵？”每次小洁赌气回家，妈都怕爸爸一家以为是大人亏待了小洁。

爸说：“有什么要紧，我们兄弟淘气，小时候浴血奋战多少次了，也伤不了和气，小孩子吵吵架还不是很正常的事。”

妈说：“小敏和小洁又不是什么亲姊妹，不算的。我也不喜欢小洁，这么小的一个人，学得阴阳怪气的，也不知道像谁。”

我比较同意妈的说法。有时候我喜欢小洁来，不管怎样她也是小孩，总比整天和大人说话有趣，就是吵架，也是旗鼓相当，不像和妈吵架，忽然一会儿她是姐姐，随便可以吵的，忽然一会儿她又变成妈妈，点着我额头让我搞搞清楚我和她之间的关系。

可是我怕小洁一旦百叶结起来吃不消她。每次总是她住不到两天就要和我开吵，一百样都要先让给她，我很像李莲英听慈禧太后的一样听她的，连洗澡都要她第一个洗，她说怕跟在别人后面洗，浴间有洗澡的气味，可是这是我的家，我爸我妈还让我呢，百叶结算什么呢。她一不开心就吊起一张脸来，她的脸又大又宽，一吊起来，顶在头上一动不动，像老早幼儿园里的大头娃娃，难怪妈要说她死样怪气。

每次小洁负气回家以后，我都要在心里难过一晚上，胃隐隐地疼，好像书上写的失恋一样，讲也讲不出来的气急败坏，或者说失望悲观。每次她来都是一副要住一星期的样子，第一天晚上总有一大堆计划，玩什么什么的，可是每次都只住到三天左右，剩下来的几天她是一走算数，我总是干什么都没劲，被人破坏掉了一样的。每次都这样，我都腻了。

“算了。”我说，爸爸奇怪而不满地说：“现在的小孩子，真怪。这种人将来到了社会上，不知道这社会要变成什么样子。”

你的小敏

三

亲爱的爱德华：

我终于有了一个机会看到隔壁的女孩子了。我的天，天赐良机。

那天傍晚，大楼突然停电，那天正好天热得要命，你知道最热的时候，我们这儿并不是晴朗的天气，而是像有一层雾一样，湿乎乎的。大楼里家家都关门开空调。要不然就热死了。

没有电了，本来各家各户紧紧关着的门不得不全都打开了，像打开了一个又一个电视频道一样，顺着走廊，我看到了邻居们的家。让我奇怪的是，原来大家布置的家，好像有什么了不起似的关得紧紧的不让人见，其实都布置得差不多，在走廊一块凹进去的地方，差不多大家都放了一个方桌，方桌上都放着冷水壶。

由于没有电，排油烟机都不工作了，敞开的门里飘出来各样烧晚饭的气味，炒青菜的气味，煎暴腌带鱼的气味，走廊里第一次充满了香味，好像过节一样。这时候我看到我家隔壁的门口也站着一个女孩，手里也端着一截蜡烛，也在探头探脑地隔着走廊看别人家。

我们就这样认识了。原来我们是一个学校的呢，她比我低一级，她叫罗洁。

我们在走廊里说话的时候，各人举着自己的蜡烛。这时我妈妈出来看了一下，她打量了一番罗洁，又打量了一下罗洁的家，妈恨穷人，也恨暴发户，她看到罗洁家的客厅里有一个壁挂式的空调机，又看到空调下面有一个红木的大书橱，那是几个星期以前她还和爸讨论是不是要去买的那一套家具，目前很时髦。她看完这些，就说：“嗯，罗洁，挺好听的名字。”

过了一会儿，她的妈妈也出来看了一下，和妈的表现差不多，大人啊，是世界上最势利的人。

罗洁也喜欢南方两重唱小组，罗洁也提前把暑假作业做掉了一大半，我说：“我倒不是因为像小时候那样可以做完了痛快地玩，而是——”罗洁接上去说：“而是没什么事情可以做。”

我们哈哈大笑，两个女孩的笑声在走廊里被放大了好多倍，在飘着菜香、热烘烘的黑暗走廊里滚滚而去。

罗洁也给电台的点播节目写过信，不过没有点中，她最恨的也是点中的人说的那句特别流行也特别恶心的话：给所有我认识和认识我的人，好像他是什么了不起的大人物，还有认识他可是他浑然不知的人一样。罗洁最喜欢看武侠小说，一看一下午，头都胀大，可还是想看下去，武侠书都是多么厚的书啊，一套套的。

罗洁也爱看国际新闻，最好看到全世界都乱作一团，这里打，那里涨大水，还有饿得要死的非洲，她也最喜欢天下大乱。

我的天，罗洁这人，我真喜欢！

蜡烛光在走廊里轻轻地跳跃着，映红了我的手和她的脸，她有一张很薄嘴唇的嘴，看上去又聪明又尖刻，我想同样聪明又死样怪气、自命不凡的百叶结一定不是罗洁的对手。我就喜欢罗洁这样的聪明劲，大概因为我自己说话说不快的缘故吧，罗洁简直就是我的理想。矮小的罗洁像被卷笔刀卷得又光滑又尖的铅笔一样，坚定不移所向无敌地站着。

罗洁和我，都喜欢突然停电这件事，像奇迹一样，因为所有的空调机都不能用了，只好打开平时关得死死的大门。平时因为怕冷气跑得太多，人们出来进去的，常常都像是做贼骨头一样，只开一小条缝缝，飞快地进出。

亲爱的爱德华，你说这多好。今天一晚上，我都高兴极了，恨不得电永远都不要来。吃饭时桌子上放着蜡烛，菜由于看不太清楚而显得特别好吃，真浪漫！

蜡烛渐渐矮了下去，爸把它放在一个果酱瓶子上，让它的光线射得远一点。

电视不能看了，音响不好听了，电梯没有了，谁也没本事走二十几层下去再上来，我家的电话是载波的，这时连电话都不响了，爸和妈，还有我都坐在阳台上，他们说他们小时候就是这样过夏天的晚上的。洗好澡到弄堂里去，大群小孩子都搬着小木椅子，坐在大树下乘风凉，长了大头痱子的人往脖子上撒花露水，辣辣的花露水杀到痱子脓头上面，他们疼得直哼哼，热热的空气里流动着香香的花露水的气味。

听上去，像唐朝宋朝的时候，陶渊明他们才做得出来的事情。爸爸妈妈说的时候，连自己都不敢很相信似的。现在的爸爸，在单位里和办公桌对面的副经理天天斗法，如今永远都是怨气冲天、一百万个不满意的妈妈，原来他们有一个那么不同的童年！

爸和妈继续怀旧，用唱《卡萨布兰卡》的声音。而我渐渐地不高兴去听他们的了。我又开始想罗洁，想她在烛光里亮晶晶的眼睛。

她真棒，我已盼着再见到她。

我往她家的阳台伸头。她家也和我家一样，用铝合金的大窗把阳台封住了，她家的人正好也在阳台上坐着乘风凉。罗洁看到我在这边探头探脑的，就走过来和我说话。

刚刚说了学校那个奇大的自行车棚的事，罗洁突然变小了，我一愣，然后才发现是电来了，灯光像剪刀一样把罗洁和黑暗剪开来，她在电灯光里，原来就是那种因为挑嘴而营养不良的、长得细瘦的女孩子啊，我们学校操场上做早操里，随你一抓就有一大把，那种普普通通的女孩！和我一样。愁眉苦脸地做操，在楼梯上疯疯癫癫地推来推去，是芸芸众生。

亲爱的爱德华，我有一点不开心，说不出来为什么，我就是不开心。一旦意识到了不开心，那种本来犹犹豫豫的情绪突然像被点燃的爆竹一样，嘭地爆炸开来，然后弄得满地都是烧焦了的不开心的碎片，到处都是。

这时，罗洁说："我要关窗了，电来了。"说完，她把窗子拉严实了。她家的空调机呼呼地往外抽着热气。隔着窗子她望了我一眼。

妈妈在我身后叫："小敏快关上窗子。"于是，我也拉严了窗子。

我到浴间去洗澡，把头闷在水里，我喜欢头发在水里像水草一样飘来飘去的感觉，像人鱼公主什么的。我的耳朵里响着罗洁的话，她就那么平淡地说："我要关窗了，电来了。"好像我们不是因为喜欢彼此才在一起说话，而是没有电的关系。

当时隔着窗子，她望了我一眼，那时我脸上一定又有那种小洁形容"要咬人一口"的失望的表情，被她望到并望懂了。想起来那一眼，像妈妈一样，也有种像鸟儿似的神情，那种一触即飞的惊慌与警惕。那种情形，我又是很喜欢。

亲爱的爱德华，你说我为什么要讨厌我自己这种奇奇怪怪反反复复的心情呢？我很烦我是这样的人，和妈妈讨厌小洁的死样怪气，其实并没有本质的不同。不同的是我妈永远只是讨厌别人，而我，也同时针对我自己。天地良心，其实我是最讨厌死样怪气的人了。

我多么向往惊心动魄的生活，可是，可是你看到了，我事实上甚至连一份友谊都找不到，还谈什么惊心动魄的生活呢？我的生活像是在一个精神病医院里的橡皮房间里，摸到哪里，都是软的。我坐在水里，想着这些乱七八糟的破事，其实我最怕想到这些事，它让你觉得，活着可真没意思。

上个学期，高三有个女生跳楼自杀，说是因为生红斑狼疮，病得很重，吃药吃得一个人肥得像猪，病菌到了脑子里，她记忆力越来越差，想想这样下去，越活越糟，就自杀了。学校不让同学说这件事，好像是什么见不得人的事一样。其实我看这个人是个英雄，她敢不要越来越糟的生活。有时候我想，她这样也很干脆，只是不知摔下来的时候，没死之前，是不是很疼，死了，就是再也不能反悔说不要死再活过来了，就什么也没有了，这是不可思议的。

爱德华，你应该是又有钱又英俊又温柔的一个大男孩子，你在宫殿里走进走出，日理万机的，可有时也敢到雪山顶上去采雪绒花下来，为献给自己心爱的人。你出现的那部老电影，现在找不到放映它的地方了，我只好拼命地回忆你的样子。现在那么多人想发财想得发疯，怎么就会没人想到去开一家专门放怀旧电影的电影院呢？我喜欢你，爱德华，你才是我真正的白马王子，我不管你是什么地方什么年代的人。你是最让我感到安全的人了。

妈妈又在外面催命，他们都不知道我习惯躺在水里想事情。我妈说："不用数啦，我告诉你吧，你有九万九千九百九十九根寒毛，不算长到一半的。"

你说这人下流不下流？

你的小敏

四

亲爱的爱德华：

罗洁到我家来玩过了，是我勇敢地冒着被冷落的危险去请她来的。

晚上我想了好久，觉得罗洁还是好的，所以，等大人一上班，我就跑去按她家的门铃。在有了电以后，那个狂欢般的晚上立刻消失，好像梦一样就没有了，走廊里重新变得静悄悄的，外面传来大树上的蝉叫，那真可是热闹而寂寞的声音。

我在她家门口等开门的时候，看到她家的警眼暗了暗，我知道她是从那里看看是谁。从小我们都是这样被训练出来的，特别是一个人在家里的假期。应该说，我们有无数多的共同语言。

然后她打开了门，我认为她看我的眼光有一点惊喜，这给了我很大的鼓舞。

我叫她到我家来玩，她很爽快地答应了。回去拿了钥匙，关上铁门就跟我到了我家。

罗洁说："你也在弹琴啊，我也弹。"

我说："小时候开始学的，后来学习紧张了，考中学时就停下来不学了。"

罗洁乐起来："跟我一样。"

我们上午看了我小时候的照片，吃了冰激凌，我特地学着妈的样子，在冰激凌上放了一些冰冻的水果块，看上去很漂亮，还装在给客人用的高脚玻璃杯子里面，我自己也陪罗洁吃客人用的杯子，那是妈绝对不允许的，她知道了一定跳脚。妈永远觉得每个到家里来的人，都是浑身长满细菌的人，平时连洗杯子，都不能用我们家里的洗碗布，也不能和自家用的碗筷泡在一起。

罗洁吃得蛮开心的，吃完了，她说：“还有吗？我要咖啡那种。”

我热烈地说好呀，又做了一份。

我们一块听了我的磁带，罗洁说：“你喜欢齐豫的一盘新磁带吗？全是英文歌。”

我说：“没听到过。”

罗洁说：“我去拿来给你听。”

她就去拿来给我听，真的不错嗳，声音像天仙一样，可惜绝大部分歌词我听不懂，在夜校学了一年的英语，读可以，可是听起来一头雾水。

罗洁的英文特好，一句一句译给我听，她说她初一就开始上夜校学英语了，初三毕业的时候，打算去考一次托福，先试试，然后再正式考一次，将来到美国去读大学。罗洁严肃地说着，好像重任在肩的样子。其实，我小姨在美国读书，妈说她苦得常在电话里哭，说人家看不起中国人，无论如何，穿最名牌的衣服，看不起就是看不起，时间长了，又是在人家的地方，好像自己理亏了似的。

罗洁说英文的时候，声音和表情都有所改变，变得柔和而且文雅，我又开始羡慕她。我想起那天晚上阳台上，灯在她身后突然亮起来时我的想法，开始庆幸自己没有放弃掉一个朋友，我最佩服英文说得呱呱叫的人了，他们的舌头一定特别薄，所以卷起来更方便一些了。罗洁的舌头淡淡的、粉红的，常常塞到舌尖发音，让我看着看着想起小洁养的狗来。小洁养了一条小狗，是在她心痛的感觉过去以后，叫斑斑。春节时候我到爷爷奶奶家吃年夜饭时看到过那条小狗，就有和罗洁一样的舌头，像一张有生命的纸一样薄。小洁说她最理解为什么西方人不让孩子养狗。那天爸爸还笑话她说："再对斑斑这样好下去，你长得也和狗像起来了。"

罗洁被我看得奇怪起来，停下来不说话。我说："罗洁，你的英文真好。"

罗洁嘻嘻地笑着："好什么啦？童子功夫从小练到现在，外国的弱智人像我这样学，也会到我这种程度了呢。"她的爸爸妈妈从前是外语学院附中的，老师教育他们总说：将来中国的外交官。后来他们俩谁也没当成外交官，倒当了好几年农民。罗洁从小就一头学功课，一头学外语，继承父母未竟的事业。

罗洁特别喜欢嘻嘻地笑，看不出她是高兴呢，还是嘲笑，还是好玩。她说："你看，我又弹童子功钢琴。"说着她架了一个标准的钢琴手势，"又学童子功英文。"她说了一长串英文，大概是"我叫罗洁，来自中国的上海"什么什么的，她嘻地笑了一声，"我妈说这才叫淑女。"说着她站起来，摆了一个淑女的姿态，把脸紧紧绷住了笑，我这才发现罗洁额头上好大一片青春美丽痘，还有鼻子两边。

我和罗洁都放声大笑起来。"很吓人的，像真的一样。"罗洁"咚"的一声坐回到沙发里说。

罗洁是个非常有趣的人，爱德华。那个上午我兴奋得要命。我想这下子我可是真的可以过一个真正有意义的暑假了。

罗洁回家吃午饭时，我想问她借齐豫的带子听，那种小时候哭吵着不肯放小朋友回家吃饭的悲凉和恐惧又油然而生，我想留住什么。我想起来小姨告诉过我的，在我小时候，有一次我趴在地上对一个硬拉到我家来的小朋友说："我当马你来当骑手，你不要回家。"那天回忆起来，小姨还眼泪汪汪的，可是我，我已经把这件事完全忘记了。我记着的只是小朋友回家之前，那种像生离死别般的伤心。我现在长大了，不会再哭，所以我要留住一点点证明，证明罗洁一吃完饭就又会回来。

罗洁沉默了一下，说："还是下次我再带来给你听吧。"她还是把带子拿回家去了。其实这么小气干什么呀，顶多十八块半一盒吧。她真自私，真的就像我们班上的那些细瘦细瘦，脸上长着青春美丽痘的女生一样小气。

我努力不去想那些不开心的事情，马上拿了一本武侠书到浴缸里去看，一直泡到脚指甲盖都一派惨白为止。

晚上吃饭的时候，妈问我罗洁怎么样，我闭着眼睛把罗洁大大夸奖一番，说得像天仙一样。慢慢地，连我自己都被这个聪明机智，还有某种幽默的女孩子感动了。妈妈喷地笑出来："又来了，我家小敏又遇上了天仙，不到三天马上吵翻。我还不知道你咧?"

爸用筷子夹了一块透明的汤冬瓜，放到张得巨大巨大，简直让人不能置信的嘴里，说："连小洁都摆不平，你这种小孩，家里人都弄不好，还会有什么朋友?"

我说："小洁算什么家里人，她又不是你们生的。"

"要是我们生的，那我们不要上班了，每天在家里帮你们解决矛盾。"爸爸耿耿于怀地说，"我们七个兄弟，也没有你们现在这么烦。"

"烦死了，你快点去申报你家当文明市民。可是就是怕自己感觉好，人家说你们不够条件。"妈说。我知道她会帮我的。妈不喜欢她婆婆，说奶奶的胳膊肘往里弯，什么事情都偏向爸爸，所以连带不喜欢爸爸全家。妈也是独女，当时嫁爸爸时，她家不同意，她那双“温暖柔软的小手”偷了家里的户口簿出来和爸登记结婚。现在受了什么委屈，也是回家开不得口的。我很小的时候，就一点一滴地听说这些事，妈妈没事往小床上和我一挤，就开始说这些破事。只有爸爸，还在我面前装得大家亲密无间的样子，我心里觉得挺好笑的。

五

亲爱的爱德华：

我很烦罗洁，罗洁太喜欢说话了，而且她太自我中心了。这些天来，总是她来我家，一来就说她关心的事情，她的前途，她的同学，她要到美国去，她将准备考托福，她房间晚上有个大蚊子咬她，雷达点了也没有用。她，她，她做到一半的奇怪的梦。一个乱七八糟的梦，她一个人在一条很长很长的走廊里走，看到一只没有头的青蛙，穿着一双金鞋，一跳一跳地往前走，她看着我说：“你说这是什么意思？”我怎么知道这是什么意思，我又没做过这样的梦，我的梦总是我从很高的地方掉下来，没完没了地掉下来。

我说我的梦，做梦的时候，那一颗心像棉花一样那么白那么软那么安静，这是什么呢？这是什么意思呢？罗洁不屑一顾地说：“那是长身体的梦嘛，释梦书上早说过了。”她停也不停就连着说，“你看，我的梦才怪呢，有一回我梦到——”好了，她又是最重要的。反正全是她的事。

好容易她累了，轮到我说说我的同学，我小姨在美国打电话来说旧金山大地震的事，她眼睛就东张西望的，根本不在听我说。你说，当一个人认真听另外一个人说话的时候，他的眼睛一定是看着说话的人的，你说是不是？可罗洁就从来不是这样，她从来不看我。

要不然就像体育课等接力赛跑一样，不耐烦地等着她可以插嘴的机会。一旦有了机会，马上转过去说她自己的事。我说的那些话呢？我的事像石沉大海一样，就没了。好像我说的全是废话。

然后，罗洁就说："我们来吃冰激凌好吗？"是在我家，当然又要我去做，她总像在咖啡店里山青水绿，理所当然地等着。可我又不是咖啡店里打工的，也不是丫头，也不该侍候她什么的。我想想很气，我去拿了一个好久没用的杯子给她吃。

我说："罗洁，你这个人很自私的，你不关心别人。"

罗洁瞪大眼睛看着我。罗洁的眼睛一旦张大，真的特别大，黑眼珠全露出来了，眼白像小毛头那么蓝。她说："没有啊？谁说的？"看样子，她真的吃了一惊。她认为我错怪她了？

当时我犹豫了一下，可还是说了出来："你从来不听我说什么。"

罗洁不说话了，我们一下子僵住了，不论再说什么，都觉得特别奇怪，你知道，这种情况就是吵架了。这样僵了一会儿，只听得空调轻轻地哒一声，制冷装置启动了。

罗洁也像启动了一样站起来，说："我要回家去了。"

她就走了。

我一个人坐回到空空的家里，倒了一杯冰水喝，冰水真冰，凉得我肚子打了一个大大的哆嗦。我放下水杯，坐回到原来的地方，看了一会儿楼下，今天一定热得不行，看那些矮矮的旧式红顶房子上，都像罩了一层水蒸气似的，像开锅不久的小笼包子。我数有几家窗上有伸出来的空调，不知道那些紧闭的窗子里面，是不是也有一个放暑假的小孩，无所事事地，忧伤地望着窗外。

我望了一会儿罗洁先前坐过的沙发，那里的沙发席还留着她坐了以后留下来的一个又小又浅的凹痕，平时上课太紧张，没有时间找一个朋友，现在放假了，大概也是因为太空了，朋友也被我气跑了。

有什么办法呢？我只好给你继续写信了。从一开始，我就知道，只有爱德华你是不会像小洁，像罗洁那样一不开心就离开我的。但是，也就是因为你永远不会坐到罗洁坐过的那个沙发上，所以我永远能放心真心地对你吧！我这个人有时很怕付出了得不到回报的。不说这些烦心的事了，我为你画了一小幅水彩画，是一栋旧房子，跟美术老师学的，可是没时间深学，现在只会画旧房子和玫瑰花，请你原谅。

这样到了下午，突然听到门铃响，那门铃在死静的走廊里像一支箭一样直冲进来，我以为是做梦呢，于是飞跑过去开门，来不及地把脚塞到拖鞋里去，鸡一样单脚跳着往前跑。一个念头在我的脑子里像阴天里的星星一样，从厚厚的乌云里勉强一闪。

门外站着穿白色网球裙子和背心的罗洁，笑盈盈的，像什么事也没有发生一样，她说："咱们出去玩吧？到公园去看天鹅。"

我连忙换了衣服，急得把拉链都拉坏掉了，我热得直冒汗，衣服粘在身上，像皮肤一样，撕也撕不下来。罗洁在外面笑笑说："慢慢来，带上一个Walkman，我带了磁带去听。"

我急急地应着，告诉罗洁Walkman在我屋里的桌上，真的满心欢喜。罗洁在外面又叫："穿上运动服，不要拿出那种淑女的样子，我们骑自行车去。"她的声音里也有一种特别的兴奋。我想是有点夸张的，像我的心情一样。我们俩小心翼翼地把上午的事情绕了过去，谢天谢地，谢谢亲爱的罗洁。

我们俩并肩走在热得要命的中午的大街上，我们一块吃一种牌子的花生冰激凌。满街的梧桐绿影，在一家紧接一家的时装店的大玻璃上闪着光芒。可口可乐红色的大伞在露天冰店的街边像喇叭花一样盛开，路过一只一只对着人行道毫不人道地吹着大团大团热气的空调机，我们大惊小怪地嚷嚷："啊呀，真暖和啊，真温暖啊。"站在门口的饭店小姐瞪着画得黑黑的眼圈看我们，以为我们在抗议她们店侵犯人权，其实不是这么回事，爱德华，我想你懂的，我们是高兴啊！

我们到了午后那个热得空无一人的公园里的小湖边坐下，天鹅把头藏在翅膀下面睡觉，在绿色的湖水上浮着，像一块泡得大大的面包片。我们在树荫下面坐下，安静的公园的树荫下，散发着野草被阳光晒得干干暖暖的清新的气息，还有湖面隐隐飘过来的森凉的水声，我的天，我一辈子没见到过这么美的地方。我和罗洁一个人拿一个Walkman的耳机，我听左耳，她听右耳的，立体声立刻在身体内部分裂，很奇怪的，身体好像随着声道的不同被分成了两半，满着的那边耳朵完全被音乐快乐地激活，它们在半边身体的血液里一路欢歌，而空着的那边耳朵和身体则沉睡着，出着汗，觉得热和心烦，也许是由于空着的这半边，我们彼此紧挨着的关系。

这种感觉真是奇特，我们把音量开到最大，并跟着里面的音乐大声唱歌，那是今年电台流行乐排行榜里最热门的歌曲："我愿意，我愿意，我真的愿意。"那支歌里唱，"只要你爱我。"那是支真诚到要落泪的歌，罗洁把手搭在我的肩膀上，她的手在我肩上犹豫了一下，轻轻地落下来，像一只鸟儿犹犹豫豫地立在一根电线上，我连忙端平了肩膀不敢再动，我真怕一动就把它惊走了。我们反反复复地唱：

“我愿意，我愿意，我真的愿意，只要你爱我。”一直唱得我也要哭出来。

我的天，我今天多么疯多么累多么热，可是多么快乐！我的天，爱德华，我敢说你都没见过我和罗洁这样的疯女孩。我会永远记住那个美丽的郊外的小湖，有一个睡着的天鹅的绿色小湖。

晚上妈把衣服洗完以后，让我帮着晾到阳台上去，她说：“今年开始你得学着做一点家务，这么大的孩子，我小时候早开始管弟弟妹妹了。”我想起我考试的那些日子，温课温得累了，想干点别的，一走进厨房，妈妈湿着一双手，用手腕把我往外推。我说：“是你不让我干的，你自己说考得好比什么都孝顺。”

妈说：“那是那时候的事，大敌当前，我又不能代替你去冲锋陷阵的，现在考完了。”

我帮妈把衣服拿出来晾，看到罗洁家的阳台上晾着她的裙子。她的短裙生机蓬勃地在晚风里招展，在星光里蓝莹莹的，真好！我忍不住微笑起来，飘着女孩子洗干净的短裙的阳台，多么美好啊。我把我自己的裙子，像撑一面旗帜一样的从竹竿上撑了出去。哗，我的心也变成了一条散发着洗衣粉的柠檬香气味的，干干净净的裙子，也在住着孤独的小王子的星光下面随风飘扬！

你的高兴的小敏

六

亲爱的爱德华：

终于出事了，不多写。如今我知道我最爱的就是你一个人，可是我恨的人，有好多好多。好像全世界都是我的敌人。可惜的是，你太不真实了，我找遍了所有的电影院，却再也找不到有你的那个电影，我再也看不到你了！

你的悲伤的小敏

七

亲爱的爱德华：

现在我缓过劲来了，我还是想告诉你到底发生了什么事。

从前放假的时候，都是我求小洁来玩，那个臭百叶结。你知道她比我大一岁，是我堂姐，从小我们就又玩又打，我妈说我们命里相克。爸说我们没有一丁点友爱。可是每到放假，妈还是只放心让百叶结一个人到我家来玩。

这次我和罗洁玩，存心要泄小洁年年摆足架子和我吵架的遗恨。所以我就不让爸爸打电话叫她来住，好了，她自己熬不住了，叫她爸打电话来，申请来玩。百叶结这一点最不好，一点也不真诚，明明自己想要的东西，却从来不肯说出来，真的是绝对的死样怪气。爸一迭声答应下来，还答应把阳台给斑斑住，还说培养我与人合作的精神。扫帚星小洁当天晚上就来了，斑斑倒是很好玩的，长胖多了，眼睛越长越像小洁了，像小时候的小洁，很温和很真诚。小洁其实一定是喜欢来的，可是她帮斑斑准备窝的时候说："听说你现在和邻居家的小孩打得水深火热的，我现在都不太和人玩的，只和斑斑玩。"

我说："你不是早先一天到晚到萍聚节目里去征笔友吗？市北中学徐，一天到晚的。人家专家分析过的，你们这种人喜欢交不见面的笔友，是因为不信任别人，又喜欢把别人偶像化。”

小洁说：“所以我现在不做了。”她看了我一眼，拿起自己的衣服去洗澡了。妈等她一关门，在旁边长叹了一声：“又多了一个数寒毛的，怎么你们这种人洗起澡来不怕热。”

小洁其实本来一直和市北中学徐好得不得了，像在恋爱一样的好，我也看到过那个人写来的信，真的是漂亮，一定临过帖的。后来百叶结自己烦得不得了，把一个笔友也烦掉了，还要说自己很受伤。那一年夏天，也是夏天，正好大家都在唱“爱到尽头覆水难收”，小洁也在我家玩，听着听着，就真的热泪盈眶。什么倒霉的笔友，从前有一支歌叫：“我不要朋友，朋友意味着付出痛苦。”还好像真是这么回事，可是人怎么能不要朋友呢？肚子里那么多的话，对谁去说呢？

其实，小洁也是可怜的。

百叶结晚上和我睡，我晚上锁上我的抽屉，因为里面放着我给爱德华你写的全部的信。小洁躺着看我，问：“你也有笔友？”

我说没有。

她说：“那你那么紧张锁抽屉干什么？”

我可不能告诉她爱德华你的事，她会放声大笑的。说实在的，小洁是个又聪明又尖刻的女孩，她的聪明在于她总是可以很正确地猜到所有问题的正确答案，她的尖刻在于她马上要把正确答案里的一丁点虚弱的部分夸张放大，使它变得特别可笑，这算不算是种嫉妒心呢？狐狸站在树下面，看着乌鸦吃葡萄，它说：“哼，有什么了不起的，那葡萄是酸的。”

百叶结真是非常善妒的人，真坏。

第二天罗洁来玩，罗洁一看到小洁的狗，就“哇”地叫起来。她那么尖的叫声惊住了斑斑，斑斑扑上去，罗洁紧抓住我的手拼命地叫：“狗，啊呀，狗!”

我说：“不要紧，罗洁。”可是我心里为罗洁紧抓着我而非常高兴。

小洁这时喝住了狗。

罗洁喘过气来：“多漂亮的狗啊!”她眼睛闪闪发光的，像星星一样。

一上午我们三个人在一块玩狗，小洁和罗洁给斑斑洗澡和吹干，喂它吃饭，罗洁抱着斑斑，像抱一个小孩一样。

小洁变得又喜欢说话了，她说话总是又快又精确。她说她们女中里的事情，因为没有男生，班上的女生大肆放屁，一点也不在乎，因为没有男生，一些脾气干脆、性情活泼一点的女生故意把头发剪得短短的，穿比较男气一点的短裤球鞋什么的，也有一些女生就特别多看她们两眼，议论她们，像女生议论男生一样。

小洁想要有趣的时候是很有趣的人，看起来，她平时的死样怪气都是存心做出来的。

罗洁一直咯咯地笑。她说：“小敏，你家客人真好玩。”

中午时候罗洁也在我家吃饭，我们三个人把妈妈在冰箱里准备的菜和饭都吃光了，然后我们铺了一张大席子在客厅里睡觉，就是我爸妈睡的那条特别阴凉的老席子。我是把自己能有的最好的东西都拿出来了，现在想想，我可真傻啊！可那时候我不知道。

小洁和罗洁一直在热烈地说话，她们比着谁能说出来更尖刻的话来形容别人，我说不出来这种话，说出一句来，要想半天才行。

慢慢地，我就变成了陪客，滑稽，这是我的家，我的地方，可是我却变成了配角！

我把脸板起来闭上眼睛，本来我想她们马上就该感觉到了，然后她们就应该来问我是怎么了，我那时一定不睬她们。可是她们并没意识到这一点，在等着她们觉醒的时候，我真的睡着了。

可是我好像又醒了，我一直听到她们躺在枕头上小声地，喋喋不休地说话。本来那是我向往的事情啊，可是为什么到了这样的时刻，我要满怀委屈地睡着了呢？我一直往一个又深又黑的梦乡里落着，好像失去了重量，所以永远都落不到最底下。我断断续续一直想的是：我为什么是这样一个倒霉的孤独的人呢？为什么呢？我就像那个星星上的小王子一样，采到了这地方惟一的一朵玫瑰花了，却不知道献给谁。

一直等我完全醒来，她们还在说话。小洁自说自话地拿了我家冰箱里的大罐可乐，而且喝光了一大半。她们在说小洁养斑斑的事，小洁举着手上的伤痕给罗洁看，她说宁可给动物伤到皮肤上，也不要和人交往被人伤害，那会伤在心里。说得比流行歌曲里唱的还要好听。

她们看到我醒过来，都转过脸来讨好地问："醒啦？"

我心里慢慢燃烧起万丈烈焰，我对小洁说："谁同意你开瓶喝的，这是我家的东西。"

小洁的脸一下涨红了。

罗洁看着我们，马上回家去了。

小洁等罗洁一走，马上也领着狗走了，临走时，她说："小敏，你是世界上最妒忌的人。你永远也不会有朋友的。"

我说："你才是，你夺人所爱，没有义气。"

这就是我前几天经历到的可怕的事。

刚刚，我到阳台上去乘凉，我看到罗洁家的阳台上晾出来一竹竿衣服，她的一条短裙也在里面，在晚风里招展，哗哗地响。

我又想起来小洁说的伤皮肤和伤心的事，我很痛恨百叶结，可是喜欢她的这句话。

看着罗洁欢快的裙子，我觉得心里的什么地方，像洗澡时肥皂打到了破皮的地方一样，涩涩地痛。

亲爱的爱德华，我多么想和你说话。

在我小时候，也常常一个人在家，那时我家很小，妈不让小孩到我家来玩，其实也不让我到别人家里去。我总是一个人在家。

我家有一个旧大橱，大橱上有一面镜子，镜子的品质一点也不好，人站得远一点点，就变形了，眼睛那一块突然被放得很大，像戴了远视眼镜一样。那时我常常对着镜子说话，好像镜子里面的是另外一个人而不是我。镜子里的那个人，瞪着一对怪怪的大眼睛，嘴也一动一动的。

妈现在回忆起来，还对别人夸我，说我小时候真乖，能一个人在屋子里玩半天。

镜子或者只是一块玻璃，但它却有另外一个世界的景象，不论怎样熟悉的房间和人，从镜子里看过去，永远是不同的，像另外一户人家一样。

可惜如今镜子里的我，无论如何也不会像电影里的你，现在我只想看到你和你说话。我比小洁聪明多了，我永远也无法使我自己对你有失望或者什么别的，你是我无法背叛的。百叶结说其实我浑身都是心眼，她大概是对的。我的确对爱德华多了一个心眼，使我不至于受伤。

我对镜子说：Hello，Hello，Dear 爱德华。隔着冰凉的玻璃。

你的受伤的小敏

百合深渊

第一章　剑桥英语暑期班

6月的时候，从大学的校门口一直通到校园深处的那条大路两边，有大而旧的法国梧桐树密密地盖住了阳光灿烂的天空。那样的时候，即使阳光顽强地透过层层叠叠绿色而肥大的树叶射下来，射到路上的时候，也已经成了青色的斑点。所以，这条笔直地通向校园深处的绿色河流的大路，在六月暑热难当的时候，非常的美丽和凉爽，还流动着一股树叶和流水被阳光烘烤出来的清香。住在学校里，过着辛苦然而无聊的寄宿生活的学生们，喜欢也习惯了把约会的地点定到这里。

骑着校园里常常见到的旧自行车的男同学们，常常像沉思着似的，把自行车骑得歪歪斜斜的。一路上，在微微颠簸的网篮里，他们的洋铁饭碗和铁勺子，当啷当啷地轻响着，随着他们上了白色的大桥、白色的石桥，在突然没有了遮盖的阳光里白得光芒四射，晃花了人的眼睛。

然后，他们像落到水里去一样，从桥的顶端滑了下去，那当啷的声音，也突然就消失了。在路上等着自己约会的人，一边看着骑车的人，阳光里那黑色的头发是那么的黑，而白色的布衬衣，是那么的白。

当看到自己约会的人在绿影婆娑的路上摇晃着走来的时候，微笑的脸上、齿上也闪烁着青青的、细小的阳光。

当小龙看到等在大树下的简佳那结实的齿上的阳光时，他的心里涌起的是对这个穿了一条用吊带的蓝色牛仔裤的、头发黑亮的女孩子的赞叹，他喜欢这个健康、宛若翩翩美少年的女孩，只是对于大学一年级学生的小龙来说，是他第一次以年轻人理直气壮的心情去注意女孩。

在中学的时候，能够考上大学，从来就是最要紧的。父母一直都说，中学时代的初恋，是一个孩子上大学的最大障碍，因为一颗心，想了女孩子，只有余下来的一点点，可以去想自己的前途了。父亲是个心理医生，他告诉小龙说，在心理学上，这种现象叫利比多的转移。他们都不想让小龙在上大学以前把自己的能量浪费到一个女孩子身上，父亲说，世界上最可靠和美丽的女孩子，都在大学里，有本事，要到大学里找。

所以，他从来不曾真正注意过女孩子，他只是觉得中学班上的女孩子，一个个看上去都长得过于胖了。

他看着树下等着他的女同学，这是他的第一次和女孩子的约会，他不知道会有什么样的事情发生，他对着简佳，有一点尴尬地忍不住笑了。

他的牙齿可不是白而结实的了，他小时候，曾是多病的男孩子，那个时代流行给小孩子用大量的土霉素和四环素，药里的成分沉淀到了牙齿里，所以他的牙龄是灰色的。

“嗨。”他说。

“嗨。”她说。

他看了看四周的人，那正是大考的时候，路上除了约会的人，还有些背书的人，坐在青草上的木头吊椅上，一路摇着自己，一路往下背要考试的东西。

“复习得怎么样?”简佳说。

“还好，一天了，一个头有两个大了。”

“我也是呢，不轻松一下，不行了。你们班上的那个福建同学，在图书馆的时候正在我对面，我的天，他的头一定有一个星期没洗了，在我对面低着，像一个太阳底下的泔脚桶，啊哟，还倒了隔夜菜的。”

小龙想起来在学生食堂的门口看到的泔水桶，都浮在水面上，被泡得大大的、雪白的馒头所散发出来的酸腐。他又想起自己班上的那个同学，他还像中学时代一样，一到考试的紧张关头，就不洗头，好像一洗，就会把自己的好分数洗掉似的。

每一个班上，都会有几个这样的同学，他们夜以继日地复习，在熄灯以后到盥洗室里就着洗脸池上的灯。他们使得别的同学全都心怀负罪感。特别是那些恋爱中的人。他们从小受到的教育，是不要为了感情小事而影响一生的前途，他们还不曾从那里恢复出来。

“那样复习又有什么意义呢，现在也不是考大学的时候了。”

“对啊。”

小龙应着，欣赏地看了简佳一眼，他们又想到一起去了，小龙几乎是幸福地想，这才是心有灵犀。一点通呢，他们不是天生地造的一对，谁又是呢。

“你真是我肚里的虫。”小龙说。

简佳笑了，狡猾地斜了他一眼，那女孩的眼睛，大而明亮地闪烁在麦色的圆脸上，她的瞳仁看上去，像晒多了太阳的运动员一样，几乎是金黄的，格外地健康，格外地清纯。

看到小龙在看她，简佳掉开眼睛，去看河的对岸，她看到河岸上有很绿的草，还有大丛大丛红色和黄色的美人蕉，在阳光里低垂着。她知道小龙这时候想和她对视，想低下头来亲她，头俯下来亲吻人的时候，有种老鹰俯冲而下的紧握的感觉，但她不知道仰起脸来的亲吻，会是怎样的。

简佳身上的白色T恤和浅蓝色的仔裤，是小龙最熟悉的。

那天，上课铃已经响起来的时候。

小龙那天睡了懒觉，到上课的时候还没有完全醒来，勉强起来，从上铺的床上跳到桌子上穿衣服的时候，好像全身的骨头都还在睡呼呼的，抬不起来。

在楼梯上，他看到前面一个身材细长的同学迈动着两条腿，三级一步地向上飞跑。那个神采飞扬、在楼梯上跳跃的背影好像一下子惊醒了他，在白色衣服的上面，黑亮的短发一跃一跃的。他心里涌起了要和上面的那个人比赛的愿望，于是，他也大步追上去。

他超过了那个同学，那里，他看到了一张红红的、娇嫩的脸，和一对像玻璃那么干净的光的、瞳仁金黄的眼睛。

他大吃一惊地想，原来是个女同学。

那女孩子示威似地向上越出一大步，再次超过了他。

他又一次赶上去。

他们在到三楼的大教室的楼梯上，竞争起来。在响彻电铃的楼梯上，他们像小时候一起玩的同伙一样，抢着跑上去。

那天他们还是迟到了，原来的座位已经被别的同学坐了，简佳站在门口，呆了一呆。小龙见状，找了教室深处的一张桌子，他示意让简佳跟他 起去，简佳就跟在他的身后，经过许多张桌子和许多同学的脸，走到教室的后排。

他们就这么认识了。

他们坐在一张桌子上，小龙闻到了简佳身上发出的轻轻的香气，他判别不出来是什么香水，从她剪得和男孩一样的短发那里渗过来，暖而清新，那么女性化，那么好闻。小龙大大地吸了一口气，说："我以为你是个男的呢。"

简佳"哼"了一声。

"女孩子剪这么短的头发，才是好看。"小龙看着简佳说。

"有什么好看，不好，我正要留长发。"简佳伸手摸摸后脑勺，"是理发店里的一个实习生把我的头发给剃坏了的，原来我的头发，"她把自己的手在腰那里一比，"这么长。"

"真的，你没有哭？"

"哭什么？"

"我不知道，有一次我到学校的小理发店里去理发，看到一个女的，很胖很胖，只有学数学的，才有这么胖这么呆，在理发店的一大堆碎头发里哭，说是把头发剪得太短了，她一边哭还一边嘟囔，说长不出来了啊，长不出来了啊。那个理发的小师傅，站在一边陪着她，咬着牙，快要被她磨死了。"

简佳小声笑起来，点着头："我也最怕女人哭，一看到眼泪，我的头就大。你知道像什么，就像小时候到牙医那里去补虫牙。那个钻头伸在嘴巴里，滋。"

"对。"小龙点着头，"我也是的。"

"我么，化悲痛为力量，使劲长啊。"

那一节课，他们说了好多好多的话。小龙发现，他们俩像极了。

那天，简佳也穿着白色T恤和浅蓝色的牛仔裤，也用了一副有深蓝色条纹的吊带。

“考完了就可以回家去住了。”

“你想回家了?”

“不知道，从前上中学的时候我也住校的，没到回家的时候天天想回家，真的回家了，一个星期就无聊得很，想回学校了。你呢?”

“也不知道，也许去上一个什么英文补习班，再补补英文什么。我中学时候一个最好的朋友，上了英文系，我也总不想太差。我们那时候真的很好，天天在一起，那时候还说要考到一个学校里去，可是没有。”

“那你让朋友给补一补不好？还是一对一的呢。”

“不。不好。”

“如果有男同学请你一起去什么地方旅行，你会不会去?”

“只和一个男的？免谈了，我爸我妈规定我晚上过八点一定得在家里的，你想想看。所幸是上学的时候，逃课去了，他们倒不知道。”

“过 18 就是成年人了。”

“我爸说，我的成年仪式是 25 岁。”

小龙翻着眼睛一想，“还早呢。你爸像出土文物。”

“当老师的，全是出土文物，整天就说，一出家的门，外面全是大灰狼。”

小龙看着简佳笑。

简佳摸摸自己的脸，脸就红上来了：“有脏?”

“我是在想，你真的像个小男孩子，上高一的那种不良少年。你把你的头发往后面那么一扎，像那种艺术系的男生，唱摇滚的。你真特别。”

简佳向他挥挥手："不要肉麻好吧。"可一脸都是笑，像花一样慢慢地打开，洋溢到整张脸上。

"那我们怎么见面呢，要等父母都不在的时候，到什么十字路口接头了?"小龙把自己的头探到简佳的脸前，他喜欢看到她突然又像是女孩子的那种样子，那时候她的脸一直是红的，好像惊慌的鸟一样，那时候，他总是要想乘胜追击。

"好土。"简佳叫了起来。

他们走到一个小树林里，绿色的水杉树，在夏天的时候，明亮而娇嫩。树林的后面，就是外语系的红色小楼，有人在大敞着窗子的教室里听录音，声音开得很响，在树林里都能清楚地听到那个磁带里的人在说美国英文，开朗而乡气地卷着舌头。

"我那个同学，很好看，学校里的男生总欺负她，一定要我在她身边的时候，他们才不敢。她一点也没有保护自己的能力，不管什么事，只知道叫，简佳，简佳你来。"

"她是我看到的女孩子里最好看的。她的手又小又白，有时候对着阳光，好像阳光可以把它们穿透了似的。"

"是个女的啊。"小龙大大地松了一口气，他想起来自己中学的班级里也有一些女同学好得连衣服都买一样的，天天像影子一样跟在一起来来去去，男同学背地里总叫她们是"小人黏如漆"。

简佳望着阳光里的树尖，那里绿得像一块透明的玉，简佳大而明亮的眼睛被阳光映着，能看到缩小了的黑黑的瞳孔。小龙伸手在她面前晃了晃，把简佳惊醒过来。简佳的脸刷地一下红了，一直红到眼皮，然后又漫到额头上。

"什么?"简佳问。

小龙不解地看看她，说：

“我没吓着你吧，我是说，你的机会来了。”

红楼前的布告栏里贴了一张新出的布告，上面说，在暑假里开一个剑桥英语班，本校学生收费减半。

简佳一脸茫然的样子，看看那张布告，又看看小龙。

“你可以在学校里多住一个多月，把剑桥一证拿下来了嘛。我和你一起读。”小龙说。

这是一个极好的理由，可以和自己正在追求的人一起留在夏天美丽的校园里，离开家，也离开大多数同学。又是一个极好的机会，不显得猴急地两个人在一起，自然而有风度。

简佳点了点头，说：“对。”

第二章　妈妈的咸肉冬瓜汤

两个人从家里向各自的父母请好了假，自是又费了一番口舌的。打着补习英语的幌子，并说英文对自己将来的重要性，父母在这一点上也明白，小龙的家里有一点狐疑，不相信孩子竟然一下子懂得了为将来愁。

简佳家就复杂得多。差不多一到吃晚饭的时候，一家三口就要说这件事。一家人坐一张八仙桌上，一人占了一面，剩下的一面，母亲放了一锅咸肉冬瓜汤，几乎透明的冬瓜浮沉在汤里，是简佳爱吃的东西。简佳总是喜欢拿它来泡饭，可是母亲总是在对面用筷子头轻轻打掉简佳的汤勺，她说用汤泡饭，要生胃病的。

简佳的父亲说：

“现在才想到英文的重要性啊，那为什么考大学的时候要把外语系的第一志愿突然改了呢？人家和和不是去读得好好的，也不见得还要在夏天上什么补习班。”

简佳父亲说：

“放假了，宿舍里没有人，你一个人住在那里，晚上万一有什么人进来了，你叫也没有人来应。”

简佳埋下头去：“什么人会来啦。”

“什么人会来，到了那时候你就晚了，小姑娘出了这种事，一辈子就完了。”

“你的思想一点不健康，一直要想这样的事情，”简佳低着头，“这种话，从小说到大，也不嫌烦。学校里会有什么人，都是自己同学。”

“学校里的同学就是好人啦，坏的才多。”爸爸又激昂起来，“那样的情形更糟，我们不说坏这个字，单纯说犯了错误，会后悔一辈子。懂得什么叫窝心？”

“学校里的思想品德课已经结束了。”妈妈站起来，把爸爸手里的筷子拿过去。

争论差不多到这时候，就随着晚餐的结束而结束了。

直到简佳要离开家的前一天晚上，她向父母保证如果她一个人住一间寝室的话，就请中学时代的好朋友和和去陪她，或者上完课回家来，才算通过。

反正，就是一定要两个女孩子在一起，才可以。

简佳看着父亲看定了她，好像看到将有什么男人要一把把她推倒一样。压上去的人，心里想的，其实并不一定是像当初的那样，只想把身下的人可以抱得更紧一点。心里的那个魔鬼真的像阿拉伯神话里的那个小瓶子里的妖怪一样，在身体倒下来的时候，开始越来越大，像巨大的灰色的翅膀从背上张开，张开，让你无法控制。那时候，人就变成了真正的魔鬼。简佳心里一阵恶心，马上走进浴室里去，把门拉上。

她听到母亲对父亲说："小姑娘大了，你一直讲这种话，难听死了。"

"不说，她怎么知道厉害。"父亲不以为然地说。

父亲的声音，因为常年在讲台上讲课的关系，一到激动起来的时候，就是字正腔圆的滔滔雄辩，让简佳听得头皮发麻。简佳知道自己不是爸爸的对手。简佳想，爸爸之所以把世上所有的男人都说成是大色狼，也许是从他自己的心情出发的吧。他一定不知道她也知道了他和妈妈之间发生的事情，妈妈不会告诉他的，要是他知道了，他一定说不出这样两面派的话来教训简佳。

可是他又会怎样呢？这是简佳所想象不出的，他会非常的羞愧吗。

那是在简佳上初中的时候了。

有一天，放学回家，看到妈妈不在，爸爸在翻妈妈的衣服，把妈妈的洗脸毛巾也拿出来了，还拿了一个蓝色的脸盆。

爸爸说，妈妈住医院了。

简佳吓了一大跳，手都凉了，自己紧紧握着拳。

爸爸看了一眼简佳，笑了，他说：

"不要紧的，两个星期就可以回来了。"

"妈妈怎么了？"

“不怎么。”

“那为什么住医院?”简佳觉得父亲的暧昧态度很奇怪，她想，一定发生了大事，是爸爸怕吓着她。她想到了死。

爸爸说：

“你和我一起去看看妈妈吧，去了就知道了。”

他们就一起去了医院，那是栋红色的大房子，每扇窗子都挂着蓝窗帘。

爸爸对看门的人说：“妇产科”，听得简佳一派绝尘的心咚地一跳。

那是简佳第一次看到为女人开的一个医科，长长的、绿色的走廊上，像鸭子一样摇摇摆摆地走着女人们，她们的难看惊呆了简佳。她走在爸爸的身边，突然觉得羞愧得无地自容，可是，走在走廊里的女人们，还是照样子地走着。

他们看到了妈妈，妈妈要在医院里做人工流产手术，妈妈不当心怀了孕。

简佳从来没想到爸爸和妈妈，他们居然有那种事。

简佳坐在妈妈的床角上，低着头，她不能看妈妈的脸，她觉得她非常恶心，妈妈天天教自己怎么警惕男孩子，女孩子的名声是最重要的，什么什么。可是她自己背着她，又做了什么。

那个在医院的傍晚，对简佳和母亲的关系来说，是个新的开始。

从此，简佳再也不靠在妈妈身上撒娇了，她甚至有很长的时间不叫妈妈，她只是说“唔”。她们之间的所有的门和窗都被简佳为母亲而害羞的、低垂眼睛的神情关上了。妈妈从来没有问一声为什么，可是她不再对简佳说那些事情，她的脸上有时在简佳突然正视她的时候，会绯红了，躲闪着，说话结巴起来。

正在青春期的简佳，常常这样捉弄妈妈。

那种情形，不像在中学里，看到平时一脸正经的年轻女老师一天天地，肚子大起来，要生小宝宝，学生心里奇异的、好像被欺骗和侮辱的感情。霎时间，他们的位置起了变化，被督导的，变成了揭露见不得人的隐私的执法者。

简佳和母亲的战争，谁都没有让爸爸知道。

简佳不想这么快地从浴室里出来，可她四下里看看，实在没有事情可以做。简佳家住在一栋殖民时期的老房子里，浴室十分宽大，有整整一面墙是大壁橱。简佳在那里有自己的一格，放不用又不舍得丢的东西。

爸爸妈妈那样的老大学生，有的是老得发黄了，也不愿意丢掉的书。

她打开属于自己的那扇白色的小门。

里面有一些磁带，那是上个夏天打算与和和一起考英文系的时候，上夜校录来的听音的磁带。那时候，她们在一起不光学完了剑桥第一证书英文，而且学了剑桥英文的下册。简佳喜欢那些看上去已经不再时新的、典雅的英文句子，可不喜欢英国人说的英文，因为他们听上去太有文化，太稳重。

里面还有中学时代的小玩意，那是和和为她画的画，是一张中国古代的仕女图。和和并不会画画，像所有小姑娘一样，爱画些云鬟高耸的仙女。和和在那张画空白的地方写了一句歌词：

“若不是当初那一个吻，

我又怎么会变成一个痴心的人。”

和和的字小而细，秀秀气气的，从右向左斜过去。就像她的人一样，很容易被征服似的。

第三章　牵手的人

坐在教室后门那里的一张课桌上的时候，这才发现教室里的人，大多是一个男孩子和一个女孩子坐在一起，暑假开始的时候，正是夏天第一次高温的时候，热得窗子外面的蝉扯急白脸地叫。可是教室里还是有一种爱情将要开始时候的微笑般的欢愉，清新地荡漾着。小龙和简佳互相看了一眼，把买来的新书放在桌子上。

教室里也有几个单个的人，独自坐一张桌子，在平时的教室里不算什么，可是现在太寒碜了，他们自己也好像很落寞的样子。

年轻人多的大学，有的时候，爱情像是生活的必需，少了它，会让人感到羞耻。特别是有整整十二年都在苦苦读书、为了上大学的这一天的孩子，所有青春的绮梦都被推迟到大学以后，所以在高三最苦闷的时候，大多数人短暂的白日梦里面，就是将来在大学时代的爱情，那个将拥抱自己的人，在梦想里带着模糊不清的面目，坐在模糊不清的大学课桌边上，热烈地看着自己。

简佳和小龙没有说什么，各自坐在自己的一边，好像是陌生人一样。

好像从来都不曾上课这么认真。本来是想，这样可以有一个不说话的借口，因为要上课。可是两个人之间的沉默渐渐变得拘谨起来，好像不知道该说什么似的，心里有了压力。

在简佳的想象里，决不是这样子的。简佳从来没有和男孩子这样目标明确地相处过。从前和自己的女同学和和在一起，上课时也是可以坐在一起就坐在一起，和和会在一边看着自己微笑，那样斜着她大而明澈的眼睛，翘起嘴角来。在看书的时候，她总是把书往简佳这边推，然后自己侧着身体，迁就她。要是老师实在嚣张，或者实在可笑的时候，她们就说：

“啊哟，老虎。”

“哪里，明明是狮子，你看她头发那么多。”

或者说：

“啊哟，面子也没有了。”

“没有了没有了，肯定没有了。”

那时候她们在一起那么开心，是高三苦海里的方舟，她们在一起的时候，无穷无尽的补课，也变得好忍受多了。

简佳回想着和和的那种温柔和愉快，她想着和和有什么是可以让自己学到与小龙的故事里来的，这次，她是故事里的女主角。学点什么？

她转过脸来，对着小龙。

小龙的嘴唇，是男孩子里少有的鲜艳和柔软。

可是，女孩子应该是被动的、等待的，像和和那样。和和现在是简佳的榜样。

所以，在小龙向简佳转过眼睛来的时候，简佳飞快地垂下了自己的眼睛。

小龙心里想，这个简佳，她那种沉闷的、不知所措的样子，一定是和他一样，在上中学的时候没有过初恋的。眼下的情形虽然不像他想象的那样浪漫，可是也是他喜欢的。

上课的时候，简佳又听到了从什么地方传来的美国英文的录音声，轻而清晰。

下课的中午，简佳和小龙从红楼里出来，长长的旧旧的甬道上，老式的长窗被外面的树荫遮暗了天光，只有尽头的门洞，像一幅画一样，框出了外面金色的阳光和绿色的笔直的杉树。在他们前面，走着一对，那男孩子把手大大地向后一张，女孩子从后面把自己的手，像接力跑的接力棒一样，飞快地递到那向后张开的手里，好像是一对逃学孩子从教室里飞奔出来时的快乐游戏。

简佳和小龙跟在后面忍不住微笑。

小龙把自己的手像那个男孩子一样，向简佳张开来，简佳把自己的手握成了小小的一个球，递到小龙的手里。

外面的阳光像温暖的手，按在他们的肩上。

“老交老交，屁股烧焦。”

小龙惊奇地俯脸看看和自己第一次牵手的女孩，她眼睛亮闪闪的，爽朗而不像他想象的那样害羞，她看着他，笑着，那么白，那么结实的牙齿，像小时候一起玩的男孩子一样。

“你看上去一点也不像我的女朋友。”

“那像什么?”

“像我小时候的赤膊朋友。我们小时候也这么说，老交老交，屁股烧焦。”

“谁说过我就是你的女朋友了？我答应了?”

小龙一怔。

杉树下的石凳那里，站起了一个人。

娇小的，明媚的，单薄的，像一个上了重彩的小纸人似的，那个人。

阳光在她的脸上晃着。

简佳想，人家都说，一上大学，人也会突然一变，像是一下子就长大了。可是她一点也没有变，从中学到大学那长长的一个学期，好像骄阳下的一根小冰块一样，小下去，小下去，然后，不见了。

简佳看到她张大了眼睛，看着自己，然后吸了吸鼻子，又放手指到鼻子上擦了擦，那是她失望时候的一个姿势，简佳记起来。

“好久不见。”

“是啊，我才知道你还住在学校里。”

“你也回家了？”

“假期总是要在家里过的，我没有想到你们这样，上一个补习班什么的。”

“这是小龙，我的同学。”简佳介绍道，小龙松了松手，简佳很快地把原来团在小龙手掌里的手张开来，握住小龙的手。

“这是和和，是我上中学时候的同学。”

小龙张大了眼睛，热情地说：

“你就是和和，简佳说过你，那时候她说，你是她看到过的最好看的女孩子，我还在想，女孩子对女孩子，有什么正确的审美观呢？看起来，我小看简佳的眼力了呢。”

“那你绝对是小看简佳了，简佳冰雪聪明，没人比得了。”娇小的和和仰着小而精致的脸，笑容满面地看着简佳，眼睛里全是崇拜，“我们班上的人，天天在她后面当跟屁虫。”

小龙说：

“那你也是？”

“我当然也是。我们是死党。”

然后她打量了小龙一下，“你看上去真的也像是个女孩子，”说着她伸手在空中尖尖地划了一下，“你那么细细的，长长的，白白的，真的。”说着，她用手握住简佳的手肘，把身体向简佳轻轻地倚过去，笑了起来。

非常轻盈的，明亮的笑声。

眼看着路上的人多起来了，大家都向食堂的方向去，那是一条沿着绿色的河而去的石子路，骑车的人的铁饭碗，一路清脆地叮当着。怕晒的女同学打着花伞。

在红楼前站着的三个人，也向食堂的方向去。

简佳看了一眼和和，和和仰起一张高兴得闪闪发光的脸向着她，好像没有看到简佳已经蓄长了的头发，没有看到和简佳拉着手的小龙，没有看到简佳眼睛里的躲闪，就像什么也没有的从前，和和一高兴，脸就像刚刚擦干净的不锈钢锅一样地闪光。她把自己汗津津的手插到简佳的臂弯里，轻声说：

“看到你可真高兴。”和和眯起眼睛吸了吸鼻子，“唔，你身上的气味。”

简佳看着她，摇了摇头，脸红上来。

“真的！”和和欢笑着摇晃简佳的身体。

简佳感到自己的后背慢慢地渗出了细汗，像由于温暖而不得不盛开的花朵一样，在和和摇动自己的身体的时候，简佳闻到从自己身上发出了汗湿的芳香，她瞥了一眼和和，她在阳光里细小的尖尖的牙。上一个夏天，她们都在等大学的录取通知的时候，和和曾不止一次地说过“你洗澡的时候把肥皂冲干净啊，那种香，那样的香，到时候，怨不得我的。”

她小而尖的、像小兽般的牙，咬得人一圈红点子。

简佳脸颊两边的汗毛，通通都竖起来了。

安静的、绿色的河水波光潋滟，一丛丛的美人蕉盛开着，艳丽而无香。

从美人蕉的后面，走出来两个穿了游泳衣的女孩子，她们的四肢和前胸，在阳光里白得直晃眼。她们并不急着下水，而四下里张望着，就站在学校在河边竖着的禁止游泳的小牌子边上。

从白色的石桥洞那里，又划出一条白色小木船，那是园丁为了到河中央的小岛上去整理花木时候用的船。可划船的，是几个穿着鲜艳而窄小游泳裤的男生。他们向岸边的女孩子划过去。

学校放了假，留在学校里的人开始乱来了，放着游泳池不去，一定是觉得这样才够浪漫。

岸上有人打了一声长长的呼哨。

“这才对得起 12 年寒窗苦啊。”和和欣赏地望着说。

“是我们班的。”小龙兴奋地点着船上的人说。“是 cola。”cola 是小龙班上的一个男生的绰号，因为他一上完体育课，在大家一起回寝室的路上，必要在图书馆边上的小店里买一罐可乐，必是说：“一个 cola。”于是大家都叫他 cola。后来，连给他们上小班课的英文老师，也这么叫他。

“嗨!”简佳向他们大叫着摇手。

“嗨!”小龙也跟着叫起来。

河上的人认出他们来，向他们招手。“来呀，来呀，河里的水是暖的。”

小龙指指他们 3 个人：“我们还没吃呢。”

岸上的女孩子说：

“我们这里有野餐。”

再看，果然在一大棵夹竹桃的阴影里，在草地上铺着一块花花绿绿的浴巾，上面花花绿绿的放着一些他们在这边看不清楚的食物。

“我们去不去?”小龙偏过脸来问简佳。

岸上的女孩子又叫：

“简佳，简佳，快来，我们只有两个女生。”

在一边的和和说：

“我没有游泳衣。”

简佳说：“去啊，咱们去。”

第四章 绿波

大家都下水去游泳了，没有游泳衣的和和，打了一把红色的伞坐在船上，她拿了一个老式的玻璃丝网兜，把小龙去买来的桃子吊在船帮的铁钉子上，浸在水里，她对水里的人说：“你们谁要吃，就举一举手，我这里是吧台。”

“要付钱吗?”水里有人扬起一条湿淋淋的手臂问。

“要啊，100 块钱。”和和嬉笑着说。

水里的那个人怪叫一声，埋到水里去，过了一会儿，平平地浮了上来，鼓着男孩子平坦紧绷，被河水浸得雪白的小腹。

“啊呀，我从来也没有想到，他的肚皮可以白成这个样子。”一个女孩在水里快乐地起着哄，大家都“嗷”地哄起来。

河水真的非常温暖，大概是被太阳晒热的吧。简佳在划动水的时候，感到自己的身体像是被水通体温柔地抚摸着一样，她把头埋到水里，紧闭着眼睛向前游，向前游。长长了的头发梢，痒痒地拂在肩上，这可是新鲜的感觉，她不记得自己留过这么长的头发游泳，从小，她就是一个健康的孩子，像个男孩子，妈妈总是把她的头发让理发店的人削得很短，她说："这样神气。"其实，简佳现在想来，可能是因为妈妈只有她一个孩子的关系，是个女孩子，心里不免有点遗憾吧。她可以游得又快又好，可是这是第一次，她自己留长了自己的头发，让它们拂在肩上。

简佳小心翼翼地向前游着，不去转动自己的头。

和和的笑声，从水里钻过来，像是假的一样。

和和满面笑容地再次出现在她的面前，这是简佳无论如何也没有想到的。

那是她们都拿到大学的录取通知书以后，也是一个异常炎热的夏天。简佳违反了她们当初的约定，没有去考和和的专业。其实简佳已经有许多次暗示她的，可是和和从来都像没有听懂一样。有时候，简佳觉得和和像一个美丽而幼小的鸵鸟一样，可怜的，痴情的，把自己的头埋起来一动不动，任她宰割。

简佳坐在和和对面的桌子上。

简佳的妈妈总是为简佳烧好了一大锅咸肉冬瓜汤，放在桌子上，才去上班。

简佳对和和说彼此断绝的话的时候，眼睛只看着那锅汤，不敢看和和一眼，她知道和和的眼泪是怎么一大滴一大滴地往下掉的，像大雨一样，落在她的长裙子上，扑地一声，扑地一声。在那打湿了的裙子下，是她瘦小而微微发紫的双腿。当她第一次触摸它们的时候，它们像大雨里的小鸡一样瑟瑟地发抖。

简佳对自己在这时候还有这样的心思非常羞愧。

“不要啊，不要这样子啊。”和和轻声地哭着。

“我们一直这样下去，真的会变成变态人的。”

“你怕了?”

“我也是为你好，你那么好看，男孩子追你都来不及，到了大学，学习不紧张了，他们都说，大学里是谈恋爱的地方，你一定会遇到一个好的男孩子。然后结婚，过大家都过的日子。”

“是你怕了。”和和悲哀地点着头，她把自己的长发挽成一个髻，还插了一支金步摇。

和和在发上插一支漆得通红的金步摇，一直是简佳很喜欢的样子。18 岁还不到的和和，买了她这一生里的第一条长裙子，为了简佳装扮起来。那是因为她们在学校的图书馆里看到了一段她们俩都很喜欢的短文，那忧郁的短文里有一句话，说：“穿一袭蜡染的长裙，斜插一支金步摇，古典给谁看?”一路走来的时候，她远远的、尖尖地点着看着她发呆的简佳，爱娇而害羞地，笑着说道：“我就是古典给你看呢。”

那时候是她们最快乐的时候，像两只黄昏时候停在屋顶上的鸽子，不停地，不停地接吻，彼此握着手。不能见面的时候，她们就写信，和和称自己是简佳的小媳妇。

那是她们高三的时候，每个人都在为 7 月的大学考疯狂地准备着，早上自习课的时候，大家都说，自己快要疯了。可是对于她们来说，在一起复习功课，是世界上最幸福的事情……

和和点了头，又摇头，金步摇上的木珠，被碰在了一起，发出克克的轻响。

“是你怕了。”她说。

“……”

“从开始的时候，我就一直担心，我们不会很长久的，我想我们这一生的缘分。大概也就是10年，10年以后，我们都28了，总要结婚生孩子，像别人一样生活，活给父母看，一个幸福的家庭。他们只有我一个孩子，我不会让他们太伤心。可我还有真正幸福的10年。现在比10年短多了，只有一个学期，还是我们都忙的一学期，除了考大学，上学，只有很少的时间真正是我们的，两个人，在一起的时间，我或者你，睡着了的，也应该除开，不过我还是喜欢，你睡着的时候，身体会发出一种香，很香。让我忍不住。加起来，只有两个星期吧。太少了呀。”

和和从桌子对面伸过手来，盖在简佳的手上，轻轻地、恳求地摇着。

那只手，全被泪水打湿了。

“是我不好，我始乱终弃。可我不知道，会变成这样子。我以为，我们是很纯洁的，精神的。”

“我不好，我们以后再也不了，好吗?”“说过多少次了，我们做不到，在一起，就管不住自己，太脏了。”

“……”

过了好久，久得简佳琢磨着，一定是自己一直不想说出来的那个字深深地伤了和和的自尊心，她们之间的任何事，从来都是她像男孩子似地主动，现在好像她这样双手一推，没有相干了，只让弱小而柔顺的和和去担待这个“脏”。她心痛地在心里责骂着自己，“我不是人，我不是人。”

“我不好，我不是人。”

“我不好。”

“不要说了。好和不好，总是已经结束了。”简佳说，说完以后，她把脸埋到自己的臂弯里，最后的一眼，她看到了和和热泪横飞的脸，被泪水全都浸肿了，可是还是那么美丽，那美丽的脸，微微晃动着，把自己细长的脖子伸得长长的，好像一只在大雨里被通体淋湿的鸟。

“这十年，我可怎么活呢。”

这是和和最后留在简佳心里的声音。

简佳努力想把这一切都忘记，可是她实在没有想到的是，大学竟然是如此的无聊。

简佳停了下来，在水里划动手臂。她从小就跟着爸爸去游泳，她会在水里走路而不沉下去，会在水面上躺很长时间，小孩子把这种姿势叫“死人”，只要把肚子挺起来，身体就可以浮在水面上了。夏天时候，简佳的皮肤总被晒得黑黑的，这是白白的、手背上清晰地纵横着青青的血管的和和最喜爱的肤色。

离开白色的小船已经远了。

简佳看到和和笑着在削一个伊丽沙白瓜，金黄色的皮在和和的胸前一曲一曲地变长，和和可以削光一个瓜，皮都不断，她们在一起的时候，总是和和削水果，她把两腿紧紧拢着，那样子是现在女孩子里少有的温文和安详，简佳那时候忍不住去亲她，说她是她好看的小媳妇。

水面上有阳光的气味，以及水和土的腥气，或者说是芳香。

“好了。”和和的声音很欢快，“谁要?”

和和的手指甲在白色的瓜上闪着光，那样的手，握在掌里的时候，是小小的温软的一团。在食指上，有一块厚皮，是和和用钢笔写字久了，磨出来的。

“来了。”

小龙从绿色的水里伸出胳膊来，小龙的长长的手臂被水一浸，白得发青，但十分修长。

“上来么，在水里怎么吃?”

“拉兄弟一把。”小龙嬉笑着说。

和和站在船里摇头，唇红齿白地笑着，把头向一边歪了歪，说：

“男女授受不亲呢，这怎么可以?”

“怕哟，你还是个学英文的?”

和和笑着伸手拉水里的小龙，小龙伏在木船的边上了，由于小龙的重量，小船向一边斜过去，和和笑着惊叫：“妈呀。”

小龙也大叫一声“妈呀”，一滚，滚进小船。

简佳把自己再次沉到水里。

仿佛梦游一样，她转头向小船潜去。

当她哗地一声从小船的船沿边上冒上来时，听到小船上一团寂静。

她看到和和正握着红伞笑，小龙和她并肩坐着，孩子一样舔着手上流下来的果汁。

小船正弯在河里的湾道里，四周都是夏天长得铺天盖地的绿树，夹杂在绿树里的夹竹桃树，开了满树白色的和红色的花朵。有一只肚子蓝色的小鸟，从树里突地一声，飞到天上去了。

和和正静静地看着水里的简佳。

那么黑的眼睛，黑得像一口被树荫遮掉了天光的小井。

突然，简佳觉得自己的想法相当下流。

“上来呀，你游得好远。”小龙说着，伸手来拉简佳，简佳避开小龙的手，自己一撑，水淋淋地爬上船去。她笑笑地对小龙说：

“男女授受不亲呢，怎么可以?”

小龙的脸红了。

“小龙真的太白了，才晒了这么一会，额头和鼻子上，都红了。”简佳说着去按了按他的额头，“到晚上，会很疼的。大概还会蜕皮。”

“这可不能干晒着，得到水里去。”和和在边上说，“要不就到我伞下面来。”

说着，她仰着脸，很殷勤地张开本来搁在肩上的伞。

小龙看了一眼简佳，一脸水珠的简佳，把眼睛瞪得大大的，看着他，像是看一件不可思议的事情。

小龙被那样的眼光看毛了心，草草地说：

“我还是到水里去的好。”

说着向后一翻，扎到了水里。

小船晃了晃，眼里的白石桥好像一半到了天上一样。简佳叫了声：

“把刀放下。”

和和怔了怔，把手里的水果刀咣地一声扔到舱底。

等简佳在小龙的那块坐湿的木板上坐下来，与和和一人一边稳住了小船，和和望着简佳说：

“好危险呐，不小心会伤着人。”

她从水里拿了一个果子，给简佳削皮。简佳看到，她在装果子的网兜里摸了摸，选了一个最大的。

“好吗?”

“老了。”和和停下手来，看着简佳，然后把身体向简佳探过来，侧着脸，“你看，眼角的皱纹。”

和和的脸微微沁着汗，发丝里的耳朵还是粉红色的，柔若无骨。

“痒啊，痒死了。”从前，简佳忍无可忍的时候，会猛力衔住和和的耳朵，舔它，咬它，它们是那么柔软，充满了新鲜的肉体的气味。

简佳紧紧地闭了眼睛。

“这些皱纹，像是在一天早上长出来的。那时候，我和我们系里高一级的男生在一起，我们是在买饭的时候认识的，后来天天在一起，大家都说我们在谈恋爱。可是我们没有。后来有一天，我在图书馆里看到他，那天图书馆里没人，大礼堂里有一个什么音乐会，是古典乐的，大家都去听。

我们站在一排排高过人的书架子中间，好像在一个非常小的房间里一样，他亲了我，我闭上眼，他亲我的样子，真的像你，我闭上眼睛，就像是你在亲我，我高兴极了，想到了好多好多。后来，我觉得疼极了，才醒过来，才知道那不是你，是一个男的，不是你。

真的，太疼了，疼得我都吐了。

第二天，这些皱纹都长出来了。”

“真的?”

“什么?”

“疼。”

“真的，一点点乐趣也没有。裙子上还有血。”

“后来，那个月我老朋友也没有来。”

简佳直起身体：

“你要死了。”

“是啊，我吓得天天一吃饭就要吐。我想好了，要是真的因为那一次，有了，不用他们打了骂的，我自杀。”

“我到图书馆去借了药理学方面的书来，发现当归是孕妇禁用的，就去买了好多当归丸来，一次吃人家10天的量。可是一点动静也没有。”

“和和，你要死啊。”

“后来，一天中午，突然，血冲下来了。我正好站着梳头，就一下子冲下来，沿着腿往地上流，我们房间里的人都叫起来了，只有我大松一口气，知道我那条小命算是捡回来了。”

“和和。”简佳放松了身子。

和和温婉地笑着：“这就是你说的，在大学里会爱我的好男孩啊。”她说着，把手里削好的果子递到简佳手里，简佳用手背挡了回去：

“你自己吃。”

简佳知道和和所有的事情都不可能自己去告诉家里的，在家里，和和一定永远是羊一样的乖乖女，属于她的抽屉从来不锁，爱情歌曲从来都是在一个没有喇叭的随身听里放的，在家里，眨着再纯洁不过的眼睛，什么都不懂。这一点她们一样，她们从小就懂什么叫“天真的狡猾”。当爸爸妈妈摇着头说“你什么时候才能懂事啊”，她们的心就安全了。

简佳知道，那时候她们的通信，和和全都叠得像牙刷那么小，塞在她睡觉的沙发的垫子深处。可还是被她的妈妈发现了，和和的妈妈也认识简佳，她把那些“牙刷”信还给和和的时候，只是对和和说：“你好自为之。”

从此，简佳就再也不敢上和和家的门。

简佳相信和和这是第一次对人说这件事情。大概和和并不是像简佳想象的那样，为了诱惑她而来，和和从来都是受她的诱惑的，她第一次吻她的时候，和和伏在她的身上一动也不敢动，无声地说过：“我等这一天等了多久啊。”而简佳，是喝了和和为她温的黄酒以后才突然有了冲动的，看着被吻湿了的和和的红唇上说了那句话，简佳才知道和和比自己要早了好多时间，就期待着会发生的事，可是她从来都没有诱惑她。

她只是像一个冬天里散发着温暖的小手炉，让人想去双手捧住她。

“也许是一个女孩子经历了这样子可怕的事，她想告诉谁一下。”简佳想。

“你自己吃。”简佳没看和和，只是坚定地说，那是她对和和用惯了的语气。和和怔了一下，眼睛就湿了，可是她垂下头来，屏住呼吸似地，小口小口地咬手里的果子。

有一只黑色的燕子，贴着绿色的水面无声地飞过去。

简佳注意地看了那鸟儿的肚子，不是那只蓝色肚子的了。

简佳从和和手里拿过刀来，又摸了一个果子削起来。削好了，她握在手里，等着和和把上一个吃完，和和静静地吃完了，简佳把手里的再递上去。

和和顺从地又吃起来。

“我真高兴你还在妒忌。”和和说。

“什么?”

“你对小龙说，男女授受不亲。开始，我以为你是为了小龙和我在船上说笑，妒忌我呢。”

“……”

“后来，我看着你看小龙的样子，你那种雄赳赳的样子，你是在妒忌小龙啊，简佳。”

“……”

“我真高兴。”和和摇了摇头，很感慨似地。

“原来你并没有变。”

“我在和那男孩子一起的时候，常常想到你，想，你一定比我玩得开心，你那么出色，那么出色。可我刚刚看到你的时候，真的失望了，你留了长发，你突然一点光芒也没有了，真的，从前，你是一个多么，怎么说，像古文老师说的那种翩翩美少年，那种翩翩，我一直不能忘记啊。可是，可是，你的头发，把它们都遮没了。你像到处都有的那种女孩子了，我说了你不要难过，你现在平淡无奇了。”

在刚刚看到彼此的时候，那是和小龙拉着手的时候吧。

“你会不会也是妒忌呢?”

“……?”

“我现在也有一个男孩子牵手。”简佳摇摇头，“不要说，这种话题，太小肚鸡肠，不要说了。”

“不，我也许是妒忌。”和和说，“也是妒忌小龙。他不配。”

“那么说，你知道自己是在妒忌小龙了?”和和说着把自己的脸靠过来，靠到简佳拿着张开刀锋的水果刀的手背上，她把自己的整个身体以极不舒服的姿势弯曲着，只为了可以把自己的脸贴到简佳的手上，她小小的，像花朵一样粉红色的嘴唇嘟着，轻轻地说，“你知道自己是在妒忌，你也以为没有一个男孩子可以把我夺去，你也觉得没有男人配我，你都知道。”

简佳过了一会，想挪开和和的头，她说：

“小心刀。”

和和把自己的脸压在简佳手背上，不让她的手移开：“不要紧，不要紧，我还没有为你流过血呢。”

简佳将她一推，站起来，说：

“太热了。”

说完，她从船上跳了下去。

不停地吐出气泡，她感到自己的身体在往下沉去，然后，她摸到滑腻的河底水草了，韭菜似的水草上竟然也长着小而锐利的锯齿，拉在她的手指上。她睁开眼睛，绿色的水里，她看到有一个黄色的东西，像糖水蛋的蛋黄一样，柔软的，好像有一点透明，马上就要破了似的。简佳不知道它是什么，她伸手抓了一下，那东西看不见了，水波像许多沉重的丝绸包裹了她的全身，动着。直到水波停顿下来了，它才重新出现，在水里像蛇一样，拧着，拧着，拧着。然后，越来越圆了。简佳这才恍然大悟，那是河底下的，透过重重绿色的太阳。

她浮沉在河底，看着那个奇怪的太阳，肺里的空气正在减少，人开始恍惚起来，所有的思想都向后退去，她张了张嘴，连一个最小的气泡都不能吐出来了。奇怪的是，她并没有多少难受。

第五章　蚊香的青烟

和和从小院里铺着的竹躺椅上转过脸来，她的脸被明亮的夏夜的月光照亮了，眼睛深深的，那么温柔，那么安静。

和和家底楼的小院子，还是那样的，有一棵树，一棵从前的住户种下来的香樟，在晚风里婆娑，浅绿色的树叶，在夜色里还是那样，明亮得让人吃惊。

“是你啊。”她说。

和和的母亲站在阳台敞开的纱门边上，一个手扶着门，从风里送来了她的花露水的气味，她还是在夏天的时候往浴汤里滴了花露水以后，再洗的。她说：

“好久不来了呢，简佳，现在你的头发长得真长，我开门的时候差点认不出来。现在是大姑娘了。该有男朋友了吧？”

“她是有了，我看到过了，”和和说，“细细的，长长的，白白的，是个上海小白脸呢。”

“……”

“难怪不来了，”和和的母亲说。

“和和也有了吧。”简佳说。

“和和整天在家里坐着，没有吧，和和？”母亲说，“和和的那个专业不好，人家说英文系的蚊帐里可以睡两个人，我们和和现在走读了，不住校。和和是要大学毕业以后再考虑这些事情。”

和和在月光下笑着，脸颊上有因为笑容而起的阴影，看上去脸好像改变了一样。

母亲进去了。

“坐。”和和指着树荫下，那里有另外一只躺椅，在暗色里映着一点点月光，像阴影里的水渍。从前简佳来和和家的时候，那是每一次来的时候她的专座。不管是和和母亲是否发现了简佳的那些缠绵得让人想起来脸红的信，母亲总是亲切地对待简佳。

而这就是简佳怕死和和母亲的地方，她永远都不知道她对她们的事情，到底怎么想。到底打算怎么处置她们的变态行为，在简佳看来，那是比和一个男孩子亲了嘴什么的，更可怕的事。就像是一个故事里说的那样，一个老人晚晚都被楼上人脱靴子、扔靴子的两声巨响所惊醒。有一天，他听到了一声响，他等着第二声，可是那第二声一直没有来，老头子一直等着，等到天亮。

而简佳每一次看到和和母亲的眼睛时，都有自己被剥光了似的那种感觉。

简佳与和和曾为此去查了最大的《辞海》，查“好自为之”的意思。书上说，那是要你自己好好当心的意思，没有说可以继续呢，还是必须了断。她们想，这是种威胁。

它不是威胁，又是什么呢?

从前，简佳来的时候，就把那张椅子从阴影里拖出来，与和和并肩，她们的手，在椅子的扶手上握在一起。那时候，也有一些明月夜，月亮的光甚至照得到嘴唇的红色。

在和和的脚边，也是有一个小小的桔红色的亮点，和和夏天总是招蚊子咬，有人说因为她的血是一种甜的类型，一屋子的人，总是她坐立不宁地到处抓痒。她的皮肤，也是一种敏感的类型，一个蚊子块，在她白而濡湿的身上，会肿得比别人大好几倍，被挠得粉红色的，让人看了吓一大跳。所以她在家里，不论到哪里，都点着一盘绿色的蚊香，以致她的头发里，总有一种被燃烧了的除虫菊的气味。

夏天，闻到这样的气味，心里也感到安全。

安全的感觉，并不是常常有的，即使是对像简佳、和和这样年轻的孩子来说。她们也许比成年人更少，生活对她们来说，长得可怕。她们怎么知道会遇到什么样的事呢。特别是在高三的时候，要考大学了呢，万一考得不好，长而暗淡的一生，怎么走下去呢。

那时候，和和为此剪掉了留了整整三年的长发，她身上的除虫菊的气味，为此也少了一点。

简佳走过去，坐在阴影里。

“简佳。”

“你和小龙又见过面了?”

“是的，是我打电话给他的，他那天不是留了他的通讯地址给我么。”

“从前你是一个多么出色的人啊，像男孩子那么短，可是又是像女孩子一样柔软纤细的头发，香极了。从前不管你到哪里，只要一站，别的人统统地比下去，没有话说。可是现在你也长发披肩了，我一下子就……”

“对了，我那天说过了。”

“我为你感到不甘心。”

“为了他，你真的值得?”

“你和他在一起，看过他了?”

“是啊，好长的一个下午，一个晚上。我妈妈以为我又被你妈妈叫到学校去检查你的操行了呢。我妈妈说，总不见得简佳连周末都不回家吧，除非是在热恋。”

“那么，值得吗？”

“不啊。”

“他太女气了，我打电话给他的时候，他知道是我的时候，好像傻了一样，有半天都说不出话来。我知道他很想问我为什么，可是他说话兜圈子啊，一个一个地兜，可最后也不敢问出来。他害羞呢。

可也并不老实。

我说，我今天在家里真的没有事情干啊，要是一直睡觉的话，一定会疰夏的。一起去什么地方玩玩好吗，他说好。从来也没有说过一声，我们找简佳一起去，这种话，没有。”

“你不是也没有吗，你从来也没有告诉我这事情。”简佳觉得自己的手又湿又凉，就把手团了起来，压在自己的腿下面。

“我们还是有很好的感应啊，你看，你一下子就猜到了。”

“不是，是我打电话到他家里去，他不在家，我才想到的。”

“后来，”和和轻声说，一如从前她们在她家的天井里说着不可告人的话，她家的房间一到夏天的晚上总是关着灯，只开电视，因为她母亲怕有蚊子会穿过纱窗飞进家里。“后来，我和他在他家附近的一个小公园见了面，我的天，你知道他穿了什么，那么热的天，他穿了皮鞋，打了一条青色的领带！是真的。他以为我爱上他了，我是一个勇于表现自己爱情的英文系学生，不是我们学校的名声不那么贞洁么，他以为一个三角恋爱闪亮登场了。

我们又去了咖啡店。一个那么黑的地方，像是在教唆人做坏事一样，我从来没去过。我故意说话说得大声，惊得埋在很高的火车座里的人都回头来看我，看我这个不解风情的小姑娘。

他觉得不好意思了，他一直说，你轻一点，轻一点。他忽闪忽闪地，一直在眨眼。像被吓了一跳的兔子。”

简佳忍不住扑地一声笑了起来。

和和也笑了：“真的，你说是不是？”

那可是个认真的、单纯的孩子呢。他是怎么度过他的中学时代的呢，那样的寂寞，如果没有女孩子和爱情的陪伴。一到认真和紧张的时候，就会拼命地眨眼睛，那是男孩子满怀一腔绮梦时，面对女孩子的笨拙。

想着，简佳说：

“和和，干什么去捉弄人家呢。”

“啊哟，简佳，你是心疼他，还是同情他？”和和顽皮地笑了笑，像一个小精灵一样竖起一个细细的手指在脸前摇着，“这可是不同的概念啊。”

隔着小院子月光隔阻的空地，两个女孩子之间有一种默契的相知，像细细的蛛丝似的，飘飘摇摇地连接着她们。

她们不说话，好像连呼吸都停下来了，张开所有的感官吸取着这种重逢似的温情。

在月光里，能看到蚊香灰白的烟，一朵一朵地飘开，然后不见了。

这时候，和和家的房间突然亮了灯，青色的白灼灯光，像水银一样从敞开的门里，隔着退色的纱泄了下来。简佳就着灯光，看到和和的那个沙发还放在原处，在沙发的高背上，那个黑色的随身听，绕着黑红两色的耳机线，还在那个地方。

一股西瓜的清新微甘的气味，从房间里传过来。

“和和，来拿西瓜。”母亲在里面高声说。

和和站起身来，走了进去。

和和走上那级石阶的时候，站在上面，看了看简佳所在的那团黑暗。

从前，在和和家的时侯，她们坐在那个石阶上，用一个随身听，一个人戴一个耳机，听过一支歌。

那时候是春天，她们刚刚好，那时候很纯洁，在一起总是紧紧拥抱着彼此，吻得透不过气来，有的时候，简佳觉得像是游泳课上比赛谁憋气可以憋得长，甜蜜得恍惚如梦。

放了学的下午，她们在一起做习题，那一天，太阳实在是太好了，香樟叶子实在是太明亮了，她们实在忍不住要坐在外面。她们说：“只是休息一分钟，真正的一分钟。”和和把自己的随身听拿了出来，她们一起听了一支歌。只用一个耳机听立体声音乐，是奇怪的感觉，像自己用耳机的那一边身体，充满了音乐，而没用耳机的那一边，是寂静的，浑然不觉的。

一支《苏三起解》。

是和和特地挑的。

一个像女人一样的男声唱的悲伤的歌，他唱到：

若不是当初的那一个吻，

我怎么会变成一个痴心的人。

和和侧着脸，用手按着一个小小的黑耳机，那样深切地看着她。

那一天，也是简佳好像没有了一切感觉似地吻了站在她身边的和和。那是个冬大，和和的爸爸妈妈都去乡下看亲戚了，和和请简佳来家里吃饭。

在那以前，和和与简佳并没有太深的关系，简佳是班上最受女孩子注意的假小子，常常可以一呼百诺似的，可和和是坐在第一排的，矮小而安静的小女孩。女生们有一次在春游时候玩宫廷游戏，由班最漂亮的女生当皇后，简佳当国王，简佳封了 7 个妃子，都没有和和的份，和和只做到了简佳的小公主，还是被关在城堡里没有声音的那一个。

简佳是因为身体健康，爱好运动而被班上的女孩子当成美少年宠爱的。羞涩的高中的女孩子，不好意思表示对男孩子的兴趣，下课了，总爱和简佳玩笑，依偎她或者突然坐到她身上去。

简佳短短的头发走在校园里总有人回过头看她。可是老师不说她老师看不惯、要讥讽打击的，是那些对成熟女人的打扮突然有了兴趣的女生，老师会笑笑地尖锐地看着她们，那眼光让人无地自容。

简佳的短发看上去是学生气的，朝气蓬勃的。

那天，和和为简佳温了爸爸喝剩下来的黄酒。

那是她们的最后一个中学的寒假，再开学，就要准备考大学了。简佳觉得自己的心里越来越难受，她想要做什么，可她不知道那是什么。她不想说话，和和在一边赔着小心，她不知道简佳是怎么了，脸上几乎是愤怒的。

后来，简佳站了起来，要走。

和和也站了起来，不让她走。

简佳看着仰脸看着她的和和，和和的眼睛，在冬天暗淡的白灼光下，像深深的黑色的井一样，对着她，如果说有一点波光的话，那就是和和不知所措的，委屈而失望的泪光了。简佳就那样俯下头去。

她听到和和在自己耳边说：

“我等这一天等了多久啊。”

这时候，她们才知道，她们有了初吻。

简佳一想起来，就感到不解的是，她们这就是所谓的同性恋吗？她同和和，都没有受到过来自男人的性打击，她们像所有大城市家庭的独女一样，没有来自家庭的性别歧视，是被父亲和母亲视为掌上明珠而严加管教的女孩子啊。她们是那么温良的孩子，从来不敢过分拂逆父母亲的意思，刻苦读书，辛苦地担当着独女对家庭期望的重担。

她们怎么就这样做下不伦的事情呢。

简佳想是因为高三时候的心情实在太紧张了关系吧，想有一个真正的情感上的安慰，而又不能和男孩子恋爱。

或者是因为和女孩子在一起，会很安全的关系。

或者是因为和女孩子再亲密，也没有人会说什么，少女时代的闺中腻友，班上的两个孩子同进同出，甚至穿一样的衣服，老师顶多说她们在搞小团体，男同学也顶多说她们小人之交黏如漆。简佳想，也许和和的母亲对她们的事情睁一眼闭一眼，是觉得她们纵是在一起吻，也比和男孩子在一起要安全的关系吧。女孩子和女孩子在一起，又能够怎么样。

大家其实真的不知道女孩子和女孩子在一起的时候，会怎么样。

“真的很脏啊。”简佳在心里说，那种湿而窒息的感觉又来了简佳心里一抖，扎开自己的手指，不自觉地摔了两下。

不过，简佳以为那一定是暂时的，像青春期的什么古怪的行为一样，自己还是个正常人。会过正常的生活，还会有一个孩子。

健康的、开心的、光明磊落的好孩子，不要像她这样，一切都是假的。

“哎，”和和站在石阶的灯光影子里，端着一浅盘切好的西瓜“来呀。”

灯影子里，和和的家常薄裙子里的身体清晰可见，肩胛骨那里，有一处凹进去的地方，那是由于过紧的胸罩。和和看上去小而单薄个子，其实身上还是很结实。

简佳想起了和和的裸体，她从前看到过的，在春天的空气里，由于凉与紧张，和和的四肢像早上的牵牛花一样，微微地发着紫，是健康而纯洁的少女的身体。

简佳站起来，说：

“我应该走了。”

她路过和和身边，匆匆地闻了一口西瓜的气味，微甜的气味。

第六章　午后

星期天晚上，因为回校的人少了，林荫大道上冷冷清清的，只看到路灯光，透着被风摇动的肥大的梧桐叶，在地上一圈圈的影子。晚上的树和旁边的草地，散发着潮湿而清凉的气息，隔着男同学们踢球的一块大草地，带着一背包在家里洗干净的衣服而来的简佳，看到在小河边上的宿舍，只有星星点点的灯光，很寂寞很安静的，在闪烁着。

这时候还住在学校的人，不是在下一年打算考研究生的高年级生，就是在暑假的时候继续上学校外语班的同学，这些人，往往是想在班上同时收获爱情和英文两样东西。就像简佳现在这样。

简佳数着亮着灯和黑着灯的窗子，她的那间寝室黑着灯。这是在意料中的，同屋的人都回家去了，在学校住了半年，缓和了她们在青春期时对家庭的厌恶，要回家的那个晚上，大家躺在自己的蚊帐里说了半天的话，都是暑假的打算，像是有一种离别的气氛似的。

简佳像平时一样，也没有说什么。在大学里，她突然不像在中学里那样可以一呼百诺了，女生们和她的关系，是她不习惯了的平等——就像对一个普普通通的女生一样。简佳想，也许是因为她在进大学的时候，已经有好几个月不去修头发了，头发长得毛毛的，就像一些爱好体育的女孩子，为了游泳的方便，在夏天爱把头发削成的那种发型。没有人发现她是一个与众不同的人，是一个在中学时代有人把她称为杰出的人。

她忍不住想起了和和的话，她说：“你的头发长了以后，突然就没有了那种风采，像一个到处都可以看到的清纯女孩子一样。”和也许是对的，一个像翩翩美少年的女孩很少，可是清纯女孩子可不是大把的么。

自尊的简佳，在班上慢慢地变成了一个独行者。

中学和大学太不一样了，中学的时候，偶像的力量是无穷的，可在大学，大家都表现着自己，各自坐在自己的课桌上，偶像突然没有了。简佳的功课从来都是中等的水平，可是她总是女同学的中心，她们不说，她也知道因为她的不同，她们觉得她是真正出色的。在女生们的游戏里，她可以是国王。

而她是一个多么喜欢自己出色的人。她从小就盼望自己是一个出色的人。

所以，简佳并不喜欢她的大学。她以为自己在这里失去了很多。

这时候，在一棵树下，简佳看到了小龙。

在风里摇曳婆娑的树影子里，简佳看不清楚到底是不是小龙，于是她瞪大了眼睛。

那个人笑了起来：

“是我。”

小龙走过来，站在简佳面前。

“我来拿么?”

“好。”简佳把肩上的包卸下来，递给小龙。她触到小龙的手。

“怎么在这里?”

“等你呐。我去你们宿舍了，舍监说你们屋子没有人，我就到这里来了。你打过电话到我家来?”

“你到哪里去了？我想让你看电影去，找不到你的人。”

“你分手的时候可什么也没有说啊，我就自己出去玩了。”

“到咖啡店里去了吧，到那种地方不会一个人去的。”

小龙飞快地看了一眼简佳，看到简佳正那样瞪大眼睛看着他，她的眼睛在隐约的灯光里张得像猫的眼睛那么大。小龙吸了一下鼻子说：

“你不要把眼睛瞪那么大看我，你吓我一大跳。我会告诉你的，只是怕你会误会。”

“……”

“我一回家，你那个中学的同学和和，就打电话来了，我妈妈说那女孩子已经打了好几个来，问我什么时候到家。她说想和我见见面。

我们这种男孩子，听到一个女孩子那么甜甜的在电话里求你，怎么会说不，就是知道和自己女朋友的同学私底下约会，下流得不得了也刀山敢上，火海敢闯了啊。这是真的。”

“真正的男人，其实是真的花心。难怪做女人的要怨。”简佳点点头，“你说下去好了，不要做出这种小心翼翼，肝脑涂地的样子，到时候还是熬不住，我知道，和和从来都是让男生迷的。”

“我从来没有看到过和和这样子胆子大的女生，她可真的是读英文系的人啊。她说她最喜欢的人，是像我这样子的，看上去像女孩一样的男孩，嘴要红红的，人要很温柔。

我说，什么嘴要红红的，听得汗毛都要竖起来。

她说我不懂。

她的确很懂，她带我到了一家咖啡店，外面什么也看不到，里面比电影院还要黑，而且，你知道，她认识里面的人。

这时候，我真的害怕了，我是没用，我真的怕，不知道会发生什么，你知道的，我们那种中学，男生女生，一离开学校，见了面也要做出不认识的样子来的，我们可是真正纯洁的人。而且，我老实说我喜欢我去追求人家小姑娘，不喜欢人家来追我的，被人家追得心乱跳，一点不好玩。我想，只有你才是我的法宝。

我就马上说起了你。我知道这件事情又卑鄙起来了，可是有什么办法。”

小龙说着，拍拍简佳的肩膀。

他们走到了一处路灯下，简佳的脸正好被黄色的灯光照亮了，那是橙黄色的灯，是年轻人喜欢的那种他们以为很浪漫的街灯的颜色，简佳的脸在夜色的背景里，突然呈现出了一种忧凄的秀丽，这是小龙从来没看到过的，他突然受到了感动，他想应该要做一些什么，可是他不知道该做什么，他说：

“简佳啊，你原来很好看的啊，真的。我想，要是现在是在一个电影里的话，我应该要亲你一下的吧。”小龙回想了一下，电影里的人是怎样接吻的，他们的头慢慢地蠕动着，大概是想把嘴更好地对在一起。

简佳看着他不说话。

小龙和简佳站得这么近，他又闻到了女孩身上的香，好像是因为沐浴露的关系，可好像又不是。

小龙俯下脸去，可他还够不着简佳的嘴，他不知道该干什么，这时候，简佳抬起头来，简佳的嘴是张着的，路灯在她的齿间闪着光。小龙抱住简佳，他这时候吃了一惊，原来他怀里的女孩子，比她看上去要娇小得多，她的身体一动不动，像是等待一个打击似的。在他收紧自己长长的手臂的时候，她哆嗦了一下。她看上去是那么紧张，使得小龙觉得自己强大起来，他在简佳的唇上亲了一下，当他的嘴唇碰到了一个柔软的东西的时候，他不知道该怎样继续，于是他停下来。

简佳把小龙的上嘴唇轻轻吮了一下。

小龙突然想起来，《雨人》里，一个女人在电梯里教雨人怎么接吻，那女人说，“就像吃好吃的东西。这样，这样……”

就像简佳做的那样。

小龙就这样，在凉风习习的学校草地边上，学会了和简佳接吻。他想，这原来真是好吃的东西，急得最好可以吸到肚子里去。

“唔。”简佳发出了声音。小龙松开来，拿手捧着简佳的脸看，简佳垂下眼睛说：“我疼。”

小龙和简佳沿着林荫道向前走，远远的，又看到白石桥了，月光里面，桥变成了青青的白色，上面有一对人，他们拥抱着，不知道是不是也在接吻，桥上的风，把女孩子的短裙子吹了起来，浅色的裙子在风里飘飘摇摇。

小龙拉住简佳的手。

走到桥上的月光里，他们看到了在月光里闪烁粼光的河水，河水宁静，那条小木船还在桥洞那里湾着，带着它小而墨黑的月光下的影子。河岸长满了青草的斜坡上，还有一对对的人坐着，好像有人在远处的木椅子上吹着口琴，还有人合着口哨。

简佳用手圈住小龙的脖子。

月光那么明亮地照着正走到桥中间的他们，小龙忍不住四下里望望，这里的前面是通向图书馆的大路，这里的后面是从校外进来的大道，这里差不多是这片校园里最高的地方，1982 年的毕业生送给母校的大钟，就在他们的身边。别人都站在树的阴影里，只有他们，站在这样的制高点上，好像要宣布。

“你亲亲我吧。”简佳说。

“在这里?”

“你怕什么？他们大家不是都一样的吗。”

简佳把自己的嘴唇递上来了，即使是在月光里，还是可以看到女孩子嘴唇的娇艳的红色。

吻了以后，简佳往后一撑，坐在桥的宽大的扶手上面。小龙抱了她一下，说：“小心呐。”

“我要是摔下去了呢?”

“我下去救你啊。然后，我抱着你湿淋淋地从河里走上来，像好莱坞电影。”

“那我呢?”

“你什么?”

“我干什么?”

“你就抱着我的脖子，说，哦，我的英雄。”

简佳大声笑起来，然后响亮地亲了小龙就在她身边的头顶一下，那声音是那么响亮，把小龙吓了一大跳。

“你比我在行。”小龙说。

“什么?”

“亲人家呐，你亲得在行，像是从前来过一样。”

“……”

“女孩子吗，是以爱情为专业的啊。”

“你不要说了。”

“不好意思了?”

“反正不要你说。”

他们静了下来，一静下来，就听到岸上草里青蛙的叫声。还有河水流过桥洞发出的声音，咕咚咕咚，像魔幻的电影里的音乐声。

“那就是我们的宿舍。”

“哪一扇窗子是你的?”

“三楼，从左手数过来，第七个，是黑着灯的那扇。看见吗，边都有灯，就我的那扇没有，因为我没回去。刚刚我没看到你的时候，就在看我们的窗子。看到旁边的窗子亮着灯，我心里突然很安慰似的。”

“为什么?”

“我怕我旁边的房子里没有人住。第一天我一个人住的时候，我不知道旁边有没有人，晚上只好开着灯睡，开着灯，睡着了就像没着一样，一夜全是梦。”

“梦见什么?”

“坏人。看不见脸的人，一步一步地走近了。我一步步地向后退，后来，背上碰到了墙。我没有地方去了，可是这时候，寝室的门开了，又进来了一个看不到脸的人，穿着灰色的衣服，我心里急得要命。”

简佳说着，用手按住心口，心在薄薄的衣服里跳作一团，瞪大了眼睛。

“还有一个梦，我去洗澡。我们宿舍的老太太不让我进，她把我带到男生洗澡的地方，说，在那里。说着，就帮我脱衣服，我也是急死了。好像我还不可以说话，只好用手捉着自己的衣服。这时候，我听到外面有人来，是男孩子说话的声音。我就马上逃，可是一出去，就踩到一个大坑里，里面全是大便，看不到边的大便。”

“按照释梦说的观点，你是有什么方面的压抑呢。”

“你有好的释梦书？我不要看那种江湖骗子的。”

“我到心理系去选修了课的呢，开玩笑。”

“那你说我这是什么意思?”

“我怕坏人。”

“什么坏人?”

“大色狼呐。我家人一直说，外面的男人都想害女孩子，说得像真的一样。我知道也许全是胡说，可是一到关键时候，满脑子都是那些臭事，越想越像真的一样。”

“可怜。”

“什么?”

“你们女孩子这一点上很可怜。”小龙拍拍简佳的腿，简佳又抖了一下，小龙这才觉得简佳的身体对于他的触摸，实在是太敏感。他想，也许是因为这女孩子看上去健康开朗，其实却不是这样。

“那大便是什么意思？我好像更怕这个梦，想起来就要吐的。”

“这没有什么不好的意思，梦到大便，是要发财呢。”

“胡说。”简佳打了小龙的手臂一下，“人家怕，你还开玩笑。”

“我会来保护你的啊。”小龙笑笑地，不在意地说。

小龙把自己的手就近放在简佳曲着的膝盖上，简佳马上把它拿开了。小龙又放上去，简佳急急地把它摊开，说：

“不要啊。”

“为什么？”

“我会痒得受不了。”

“我没有动呐。”小龙一手抓住简佳的手，把另一只手放上去。

“不要，”简佳拧着身体，“不要，太痒了。整条腿都痒起来了。”她从小龙手里挣脱出来，跳了下来，“你坏。我这腿谁也不能碰的，从前中学的时候，和和上课坐在我身边，她一碰，我也要跳起来。”

说到和和，他们沉默了一会。

小龙说：“你原谅我了？”

“没有什么要原谅的，是吗，你们不是就在咖啡店里谈了我吗，是不是？”

小龙点头。

“说了什么？”

“说你是一个十分出色的人。我说你和别的女孩不一样，这就是我喜欢你的地方，你一点也不像那些女孩子，可是你比她们都更像我心目中的女孩子，清新爽气。

和和也真的是你贴心朋友，她说，我看到的，只是你出色之处的零点五，她说你最好看的时候是在中学里剪了小男孩式的发型，你们一起出去的时候，女孩子都对她说，要向她借你。你那时候真的那么香?”

“没什么香的。”

“我想起来，我第一次看到你的时候，你也梳了好短的头发，我从后面看，以为是个没看到过的小年龄男生。那时候我就喜欢你了，因为你看上去很好看。”

“你喜欢我的短发?”

“照和和说的那么好，我想我一定是喜欢的。”

“女孩子不是说长发会温柔如水么?”

“所以你看，在大学里，张开眼睛一望，全是长发的女孩，而你是不同的。”

“这种不同是好呢，还是不好?”

“好。人为什么都要是一样的。不过长发也好。”

“摸起来舒服。对不对? 像有瘾一样，摸了还想摸。”简佳伸手捏了小龙的鼻子一下，说。小龙搂紧简佳，亲着她小而硬的一侧的耳朵：

“简佳，你知道我最喜欢你的就是这个。我们这叫心心相印呢。”

简佳在小龙的怀里蠕动着，她并没有把自己的耳朵避开，可是嘴里却说着“不要啊，痒死了啊。”她的头正靠在小龙的下巴上，一口一口地往小龙敞开的领口里吹着气。小龙觉得，这女孩子实在是喜欢这样的爱抚。

“我想把头发留得长长的呢，然后把头发盘起来，做一个髻，再插上一支金步摇。你到时候就知道好看了。好了，你再说说你们在咖啡店里的事。”

“和和问你在学校里过得好不好，有没有要好的女同学。我说，你看上去是个独行侠，到哪里都是你一个人的，连学校看电影也是。和和说，那就好。你们女孩子的朋友，是这么妒忌的么？”

“你们总也说了自己的事情吧，我不相信就全是说我。”

“真的后来全在说你，和和不停地问，她还问我亲没亲过你。”

“你说什么？”

“我当然说亲过了，要不然面子也没有了。和和真的奇怪，怎么问我这样的事。”

“她说什么？”

“她说我不懂。”

“和和好看么？”

小龙看着简佳不说话，简佳摇了摇小龙的身体，“我问你呢，和和好不好看？”简佳的口气像是女孩子的娇嗔，于是，小龙说：

“你们女孩子很奇怪的，好像脸上笑着，其实是在对很远的什么地方笑。”

河上有了一层淡蓝色的薄雾，在河边吹口琴和口哨的人从树的暗处摇摇晃晃地走出来，沿着青草中的小路，回自己的宿舍里去了。

校外的远远的运河上，传来夜行船的汽笛声，一声声的，那么长，那么沉闷而尖锐。

夜真正的深了。

他们在简佳宿舍外面的篮球架边上告别。

简佳走过宿舍门卫的小房子的时候，在暗淡的灯下，突然看到门卫老太太的皱纹里的眼睛，像晚上的猫一样灼灼有光。简佳看着她。

老太太说：

“你是简佳，你有两个留言。”

一个是爸爸妈妈从家里打来的电话。另一个是和和细小的，由右向左斜去的字，她在这里等了好久，等不住。

简佳对老太太笑了笑，解释说：

“我和男朋友到桥上乘凉去了。”

第七章　抚摸蚊帐的手

简佳在楼道里走着，经过一扇扇关着的门。从门缝里，有时传来里面的人在听英文磁带的声音，细小而遥远的，听不清楚在说什么。那声音使简佳放了心，她一点也不喜欢假期的女生走廊里，只有她一个住着。

走廊里有蚊香的气味。

走廊尽头的一间屋，是外系女生的，大家都在背地里叫她“猫的春天歌声”。听说她想要考研究生，假期不回家去。她大开着门，灯光像一个整齐的方块一样，占住了那一端走廊，那是不寻常的。女生宿舍不肯在半夜以后还大开着门。“要死了，她。”简佳想。

简佳回到自己的寝室里，打开灯，灯开关旁边就是一面镜子，在突然亮起的室内，她看到了自己，特别娇嫩的脸色，好像化了妆一样。刚刚小龙在抚摸她头发的时候，打散了她原来的马尾，黑色的，长长的头发披散下来。和和和小龙居然都觉得她把头发削得极短才好，这是她不能同意的，她看着镜子里的自己，想，这个女孩看上去也是好看的呢。不过，她还是在脸上发现了一种疲惫，也许这是因为长发带来的？

她在镜子里看到了另外一张脸，那张脸比她要纤细优美得多，细而不淡的长眉毛，像画出来的一样，可它们是天生的。镜子里出现了两张年轻的脸以后，简佳的那一张，马上显出它的矫健。

“你……”

简佳回过头来，看到和和身后还有一个人，果然是猫。她就住在走廊尽头的那间寝室里，她常常在盥洗室里，一边洗东西，一边大声唱歌，盥洗室总是把她的声音放得很大，那样寂寞的声音，拖得长长的。简佳寝室里刻薄的女孩子，套着“巴黎春天百货”的名字，封给她一个“猫的春天歌声”。

那女孩子说：

“是简佳吧，你同学一直在外面篮球架那里等你，我路过的时候，带她一起进来的，她那么小，那么漂亮，一个人坐在那里，我怕不安全呢。”

简佳看了一眼那女孩，“唔”了声。

她明白了，为什么走廊里有蚊香气味。

“你看那个女孩的样子，好凶。”和和等简佳谢了外系的女孩子，把自己的门关上以后，坐在简佳的书桌上，荡着两条腿说，她把自己的眼睛张得大大的，学简佳的样子，“看，就是这样。”

简佳看了和和一眼：

“你少和她来往，她看上去也有问题，你应该看看她看你的样子。”

“算了，哪里有那么多的人像我们这样，要是真有那么多，我们也不会这样。”和和说，“你过敏呐。”

“这么晚了，你找我这么急，什么事？”

“我其实很早就来了，可你一直没回来。我想，我得等着你，我们就是没有那种关系了，也应该是好朋友，是吧，我在整个中学时代，只有你这一个朋友，要是没有了爱，我们还有友谊，对不对？”

“是的，我也这么想。”

“所以我想告诉你，我骗了你。”

“是小龙的事吧。”简佳看了一眼和和，和和的手握着写字桌的边缘，细细的手指由于用力而呈现出紫色来。简佳从自己坐着的椅子上探过身去，把和和的手从桌沿上扳下来，放回到和和的腿上，“小龙告诉我了。”

“生气了？我真的不够朋友。”和和的眼睛里汪出了泪，可还是紧盯着简佳的脸，“我也知道，我们不可能这样在一起一辈子的，我就是希望你可以过得幸福，这是真的。如果我不可以给你幸福，也不能妨碍你自己去找到幸福。”

“小龙告诉你的一定是真话，你信他的吧。”

“我已经相信他了，他是我男朋友。”

“我看出来了，刚刚在镜子里，我就看出来了。你的脸，那种样子，那种新鲜，就像从前。你感觉很好。”

“是，是很好，就像从前。我以为和男孩子不会有这样的感觉，他们都是大灰狼。我们其实从心里怕他们，怕他们把我们的什么宝贝给抢了。我们其实为了那种害怕才好的，我们不是那种真正有什么创伤，或者是脑垂体有什么东西没有发育好。”

“嗳，你也看到那张报纸了?”和和打断简佳，“我在学校里看到的时候，还想剪下来寄给你呢，我想，我就是脑垂体有病了。这说明什么你想到了吗，这说明我们的事不是见不得人的，伤风败俗的，而是身体的不同。”

“你怎么这么想?”

“你让我怎么想?”

“当时，要不是我亲了你，不是我到你家去吃饭，你一定已经有好多男朋友了，要是你这么想，我一辈了都不会安心的。是我不好，我引诱了你，可是你想，连我都可以改好，你怎么会改不好?”

“说不定你只是无意之中开发了我，而我，生来就是这样的人。”和和安静地说。

简佳看着和和，和和的眼睛又像深洞一样了，她想起第一次看到和和这样的神情，是那天在船上，和和说到她和她那个同学做爱的事。从前，和和又大又深的眼睛一高兴起来，就像放了干冰的酒一样，不停地从深处往外翻着喜气洋洋的泡泡。可她现在不是这样的孩子了。

这时候，外面有人敲门。

是那个高大的女孩子。她被屋里的灯光晃了眼，拿手在脸前挡了挡。

“你们该去洗澡了，太晚不安全。”

简佳唔了一声把门关上了。

她低着眼睛，不说话。

被人家一提醒，她们俩都感到自己身上的汗粘粘的，虽说已是夜深了，天气凉下来，风推动着敞开的窗子，窗上的铁扣子格格地响，可是南方夏天潮湿的气候，身上的汗不用温水洗净的话，总是身上粘嗒嗒的，躺不上床去。

那女孩说得不错，大考的时候，历史系的女生背书背得晚了，去洗澡的时候，还真的遇见有色狼在外面窗上偷看的事。那时候，整个女生楼大多数人都睡了，就听到传来一声女孩子的惨叫。大家都以为发生了命案，可是，其实是那洗了澡正打算穿衣服的女孩子，看到有一双手正扒在天窗沿上而发出的。

简佳不说话。

和和叹了口气说：“和你一起洗澡的，我们一个一个的去。”

简佳说：

“你怪我狠心吗，我们是无论如何不能再走回去了。”

“我想明白了啊，这是我的命。”

她们一起去了走廊尽头的浴室，里面亮着灯，放了一个绿色的小桶，里面有女孩子洗澡用的东西，还有一条淡黄色的丝瓜筋，简佳想起来，她小时候的老保姆，喜欢在洗澡的时候用这种粗糙坚硬的老丝瓜擦身，擦过的地方，红得好像要出血一样。她问过老保姆，为什么用这么粗的东西，老保姆说，那东西才能真正把粘在身上的脏东西擦下来。

“你先洗，我在外面看着。有什么事，我会照应你的。”

和和点点头。看了看简佳，把自己的身体转过去，开始脱衣服。

和和的肩膀，在灯下白得耀目。

那时候，简佳把和和的衣领一点点揭开的时候，就是简佳，心里也暗暗吃惊。那天也是为了和和在夜校里，和一个外校的女同学不知怎么就认识了，简佳一看，就觉得那女生也是那种有断袖之好的人，所以不让和和再和她说话，可和和说那样太不礼貌，还和那个女生说笑，简佳就生气了。

简佳下了课，把自己的车子骑得飞快。

她听到和和在后面叫，可是她不回头。

那天正好家里没有人。

和和过了好久，也来了。

和和自己缩进她的怀抱里，和和说："你不要不理我，你要我干什么都行，就是不要不要我啊。"和和亲着她，像非常弱小的孩子。那时候，那种难受得不得不要做什么的感觉又来了。像一个深渊一样，简佳像是马上就要落下去了，她心里怕着，可是不能停止。那时候，她拉下了和和的衣服。和和抬头看了她一眼，好像很吃惊似的。可马上更紧地闭上了眼睛，那女孩子浓密的睫毛，像阴影一样，盖在眼睛上。

和和的裸体白得透明，也许是因为害羞，也许是因为激动，简佳的手一碰上去，和和就发抖。

像把玩自己的战利品似的，简佳不时去碰和和的腿，和和躲着，说：

"不啊，痒死了。"

可又主动地伸过来。

那天，简佳咬了和和的肩膀，她看到，只是轻轻地紧了紧牙，马上，和和的肩上出现了一圈粉红色的印子，像一个图章。

简佳扭过头去，背对着和和说：

"你安心洗。"

和和进去了。

简佳坐在更衣的椅上，握紧拳头，她的手指甲这个星期没有剪，已经长了，握紧拳头的时候，长得又快又硬的指甲戳破了手掌里的皮肤。

她觉得热辣辣地疼上来了，心里才松了一口气。她试图回想在桥上和小龙一起时候的情形，小龙有弹力而笨拙的嘴唇。可是，她想起的，全是和和雪白的肩。

第二天，上课的时候，和和传了一张小纸条来，那时候，和和写的字就是这样从右向左斜过去的，她写字的时候，要拧着身子。

和和说：我现在浑身酸痛，身上布满了小红点和乌青，我们是多么的疯狂啊，我的爱，可是我爱这样。我是你的了，现在。我的舌头痛得不能碰一点点咸的东西。

其实和和那时是满足而愉悦的。可是，简佳觉得太恶心了，那所有的。

真的太恶心了。

可是，心乒乓地跳着，好像嘴一张，就要像青蛙一样跳出来。

这时，那个女孩子无声地出现在更衣的地方，古怪地看着简佳。也许她曾经发出过什么声音，可是被和和里面的水声遮住了。

简佳站起来，对她低声说：

“我有男朋友，她也有，我们是中学时代最好的朋友，不像你想的那样，你快走吧。”

那女孩大声说：

“你说什么?”

她的声音那么大，把简佳吓了一跳。

女孩大声说：

“你怎么不洗，在这里坐着多热啊。”

说着，她拿起绿色的小桶，走了。

简佳让和和睡在她对面的同学的床上，也是上铺。她们各自坐在床上，准备关上蚊帐的时候，彼此在床头灯的黄色光线下望了望。

“你也想起来了？”

“哎，想起来了，那时候，我们最想的就是有一间我们可以单独呆在一起的房间，你妈妈知道了，你家里不可以去，我爸爸只有一句话，不许说话，快做功课。可是那时候我们只想在一起亲热，走在马路上，一男一女亲热，好像不算什么，可是两个女孩子，是找死。”

“现在有了，可是我们已经没用了，好像所有的悲剧都是这样的。”

简佳合上自己的蚊帐，从里面用一个蓝色的塑料夹子夹住。然后她说：

“合上吧，看蚊子会进去的。”

“和和？”

“嗳。”

“想睡了？”

“不，只是觉得安静得很好，像回到从前时候了，那时候，很想和你在一起，可是在一起了，又常常想睡，现在想起来，是因为心很安啊。”

“和和，你这样的女孩子，不知道会有多少男孩子来追。真的。”

“你真的这么想？”

“可是我上次看一本书，书上说，如果一个人总说真的真的，那就一定是谎言。要不然，用不着老想着真的假的。”

“我说的是真的。”

说完，她们想起和和看过的书上的那句话，都笑起来。夏夜里的笑声，听上去那么响，好像是在空气里看得见它们的震荡一样。

“你说，你妈妈知不知道我们到底是怎么回事?”

“我不知道，她看上去什么都不管的样子，可我一直怀疑她才是大智若愚。”

“大智若愚什么?”

“她想，反正我们再好，也不会有什么对处女的损害，我们彼此拴住了彼此的心，比和男孩子来往要好。至少不会有丑闻。”

和和静静地说，眼睛看着什么地方，一动不动。

“和和，这半年不来往，你变了。”简佳由衷地说。

“当然，你知道晴天霹雳以后是什么日子吗，每天可以花二十小时以上的时间来想，为什么，怎么会，怎么办。”和和转了转自己的眼睛，黑色的瞳仁慢慢地浮动着，像飘荡在水里的树叶。和和笑了笑。

“我那时候如果是哲学系的学生，那样的哲学思考，大概就可以毕业了。”

“……”

“……”

“她真知道我们有那么下流?”

“简佳，你不要这么说，为什么男女在一起就可以，女和女在一起就不可以？我真的在想那张报纸上说的事情，也许我们的脑垂体是有问题。”

“男人和女人，那是上帝允许的情欲。”

“可是那才是真正脏的。而且，没有感情也可以做的，就像我，那个同学，我一点也不知道他是什么人，喜欢什么，我也和他做了那样的事，照书上说，那是我的初夜。不像我们，我们才是有感情的。”

“……”

“我也不相信你和小龙真的是有感情的，不是妒忌，真的这么想。你是想改正自己。我那时也是这样子。”

“……”

“等到真正的那一天到了，你才会知道到底是不是真的爱。我在我们学校看到过他们真正的恋爱，他们就在树林里没有灯的地方睡。可那女孩回来以后高兴得一边洗澡一边唱歌，我们宿舍里的道统小姐说她不要脸，可我想，那才是真的爱。我一点也做不到。”

“……”

“简佳。”

“……”

“简佳，真的睡着了？”

“……”

“那么我告诉你，我会一直一直爱你的。”

过了好久，简佳觉得自己是醒着，只是和和不再说话了，她那带有了睡意的声音，在夜里响着，好像一条凉凉的蛇，不可阻挡地钻到了她的身体深处。后来，简佳听到了河上又有汽笛，又有夜行的船来了，那声音听上去真孤独。

她睁开眼睛。

蚊帐上有一个阴影，被月光放得巨大的，笼罩了整个蚊帐。

那是和和，和和站在她们俩的床之间放着的桌子上，面向着她的床。简佳的耳边还响着汽笛的声音，听上去，好像是和和的那个巨大的影子在长啸。

和和的手，轻轻地、无声地抚摸着简佳的蚊帐，透过薄薄的尼龙蚊帐，简佳看到和和手上的指甲在闪着光。

简佳再次醒来的时候，天已经大亮。对面床上蚊帐大开，和和走了，和和在床上留了一张小条子，上面只有两个字：再见。

第八章　雨

傍晚的时候，本来晴朗的天空突然晦暗起来，一股股的乌云从东面大海的方向被风吹过来，一些家养的鸽子，在天上像被撕碎的纸片一样随风飘荡。这时候，简佳和小龙正好一起去学校的小食堂吃饭，走在路上，让风迷了眼。

暑假的时候，学生食堂的大师傅们也轮流地放了假，河两岸的食堂只为留在学校里的学生开一个。夏天的时候，热得大家都没有心思，食堂里的汤，永远是一个罗宋红汤，吃得简佳和小龙的汤碗上，有一层洗不去的红色。这样的日子，如果不是有爱情在身边，没有人可以过得下去的。

大风再次吹来的时候，他们头上在夏天长得非常宽大的梧桐叶子哗哗响成一片，像是水声一样。树上有抓不住的金绿色的知了，啪啪地从大树深处落下来。小龙把自己的胳膊搭在简佳的肩上，把女孩子的头拢向自己，他看河对面的一个男孩，也是这样把身边的女孩拢进怀里的。

“你怕吗？”

“不呢，我小时候最喜欢的，就是夏天的下午下大雨，打大雷。”

“你不怕雷？我以为女孩子都怕雷。”

“有时候也怕，可也喜欢。又喜欢又怕，这才是最好的感觉吧。”

简佳眯着眼，望着越来越低的云，和在云里闪过的青色闪电，她闻到大风里的潮湿的水腥气，她猛地一挣，从小龙的手臂里挣出来，对着大风猛吸鼻子：

“你闻，闻到没有？”

“什么？”小龙也吸了吸鼻子，小龙从小有家庭遗传的哮喘病，他的鼻孔在猛力吸进什么东西的时候，可以一下子张得很大，大得让人吃惊。

“大海的气味。运河那边的大海的腥气。”

“也许是雨带来的。”小龙说。

“不，是大海，风是从大海上来的。”简佳坚持说。

小龙抱紧简佳，亲了她被风吹凉了的脸颊一下。

“好吧，就是大海那里来的。我将来一定是个怕老婆的。”

到了食堂里，他们发现食堂里暗得像夜里一样，高处的一扇天窗，没有挂好窗钩子，被风大力地开合，发出巨大而不安的响声，每一个进食堂的人，都看看它，都以为它一定会在下一次碰撞里玻璃粉碎，可是总是没有。它的声音，只是给了所有的人不安的心情。

不少人都一买好饭菜，就端回去吃，他们怕下大雨了，会一时回不去。

小龙和简佳也匆匆买好了自己要吃的东西。

小龙向所有有了女朋友的人一样，要为简佳付账，他用拿了饭票的那只手的手背挡开简佳递过去的饭票，对收票的人说：

“我来，两份是一起的。”

简佳看了他一眼，把他的手推开：

“为什么?”

小龙一时说不出话，由简佳把账付了，简佳对收票的人说：

“两份是一起的。”

小窗子里的人笑了：

“你是个女权主义者吗?”

简佳一惊，才看到那个人的衣服上带了一块白色的学生校徽，那是勤工简学的学生。简佳的脸红了。

天上打了一个真正的大雷，震耳欲聋。

小龙和简佳端着自己的碗，向外面跑去。

地上正飞沙走石。

“到哪里去?”小龙问。

“到我那里，我那里就我一个人。”简佳说。

和简佳想得一样的，大有人在。好几对女孩男孩，已经挤在门卫登记的地方，手里端着红红的汤。

女孩子的男友们，一个一个在老太太那里登记自己的名字和系别。男孩子们平时都从女孩子的嘴里知道了门卫老太太的厉害，可是看起来他们并不真正地怕她，只是心里烦她，不想和她多啰嗦而已。一个男孩把手往老太太面前一摊，学着福建同学的大舌头口音说：

“我是农民，我没有学生证，我是来看我的妹妹的，我的亲妹妹。”

“什么亲妹妹，你不知有多少好妹妹了。”另一个男孩挤过去说，

"老妈妈，你不要理他，他违反学校规定，学校说了不许学生在大学期间恋爱的吗，他这种人，在中学里就恋爱了。中学里不要他了呀，一下子把他开除到大学里来的。不像我们，我们班上的同学考试不及格，老师不让我回家，为她补习。"说着，男孩子点了点外面等着的长发的女孩，"就是她，这种女孩子，是不好，是要好好教育。"

"补你的大头课。"那女孩子笑着骂。

小龙一看那个乱，一猫身，从人群后面闪进楼道里。

"什么态度，你不好好地教育，将来只好去看大门。"男孩子说。

旁边的同学笑成一团。

老太太坐在那里，身经百战地一动不动，只说一句话：

"把学生证拿来。"

其实学生们中的恋爱，是自己对自己苦读的青春的补偿。为上大学而自动克制了感情，使得他们没有人可以反抗，因而有了一点沮丧而阴暗的，对自己小小年龄就屈服于生活的反感。

这种心情，到了大学里，就成了 TDK 学生，所谓大学功课，TOFEL，DANCE，KISS。这样的口号，在简佳的中学时代，暗自鼓励了许多人。可是，到简佳他们进大学的时代，大家已经用咖啡店代替了跳舞，变得更为懒散。

"换你自己的学生证来。"老太太把一张借来充数的学生证退了出来。那些孩子，虽说以为自己把自己解放了，没有了年龄和前途上的顾虑，不再怕什么，可到了要证明自己的真实身份时，还是有最好不要让人知道的那种心情。

简佳站在女孩子堆里和人一起发着牢骚。

"这个人老了啦，没人会来找她了，对我们，就要像防贼一样地防着。”一个女孩用手里的碗，向老太太点了一点。

“就是。”简佳点着头，“不就是来宿舍一起吃吃饭，要不是下雨，也不来。还要登记，像探监。”

“你平时不和女生多来往的吧，看你一直是一个人，我们班的人那一次说，看那个女生，好孤独哦，是失恋了。”那个女孩笑笑地对简佳说。

“要死。”简佳笑着应。

“你那时候把头发剪得好短，很特别的。”那女孩看看她说，“好像还是那时候好看。”

简佳把肩膀耸起一边来，触了触自己的头发：

“可我男朋友喜欢长头发的女孩子。就留长了。”

那女孩点点头。

一对一对都进去了，简佳才发现小龙不见了。

老太太看到她，说：

“又有你的电话，你家里来的，昨天也有一个，你怎么不回电话去。”

简佳看了看，是家里的电话。

老太太已经把电话从桌子上递出来了。简佳放下手里的碗，打电话回去。可她一点也不想和家里的人说话，她最怕听到的，就是爸爸的声音，中气十足的声音。每一次爸爸说话的时候，她的手都痒痒的，想伸出去捂住他的嘴。

线接通了。

简佳把手放在电话上，她想，要是是爸爸的话，他一定要她用十分钟的时间来解释为什么昨天她那么晚没到寝室。那她就把电话挂了，装成断线的样子。

可是家里没有人接。

简佳几乎是喜出望外地把听筒从耳朵边拿开来，对老太太说：

“没人，我家没人。”

一声大雷，大雨如注而下。简佳关窗的时候，看到下面路口的地方，有一棵大梧桐树，在风里摇了摇，慢慢地、慢慢地倒了下来，像一个大熊。

简佳刚想说话，头上的电灯突然暗了。宿舍楼里，从各个房间里，发出了统一的惊叫，女孩子轻柔而响亮的声音。

一定是大树倒下的时候，带断了宿舍的电线。

小龙在桌子边上说：

“女孩子一起叫的声音好听，像鸟似的。”

“那男孩子呢?”简佳摸着桌子沿走到小龙旁边，挨着他坐下。

“男生宿舍里呢，就是轰的一声，像痰在喉咙里。”

简佳摸出来一根白蜡，点着了，把蜡倾斜过来，滴了几滴在桌子上，把蜡固定在桌上。学期中，学校要求学生 11 点要熄灯，那是舍监统一把电闸关了，所以大多数学生都自己备了蜡烛，并不是一定要在睡前有多么用功，只是喜欢蜡烛的气氛，和小小的犯规。

“我一路上来的时候就想，我要把灯熄了，点蜡烛，这样子才浪漫。”简佳说，“这才是天助我也。”

烛光里，一切都暖暖的，恍惚的，看不清而显得美丽的。

“小时候，我喜欢夏天的时候，高温好多天后，突然下大雨。我最喜欢在大雨的时候睡在大床上，席子凉凉的，盖着毛巾被。那时候我就觉得安全了。”简佳看着一跳一跳的蜡烛光，说。

外面的雨还是很大，哗哗地打着玻璃，当闪电照亮天空的时候，能看到天空中满是乌云。

“那我们到床上去。我们做你喜欢的事情。”小龙手下用了力气。他的脸上有一种受苦似的，不耐烦似的神情，鼻子那儿出现了两道深深的鼻纹。那是心里有什么东西被火一样烧痛的时候，才会有的。知道可以这么做，可是已经不能控制自己了，衣服里的身体，像被火烧过了一样，被衣服一擦，疼得要落泪。

小龙看到简佳的眼睛紧紧闭着，好像要把眼泪挤出来似的。她的两只手紧紧抓着自己的衣领。她看上去那么紧张，把小龙也吓住了。小龙轻轻拍着简佳的后背：“我喜欢你，我爱你，简佳，我爱你。你身上有一股女人香。”

小龙的手轻轻地拍着，在简佳的背上安抚她。可是他的心里一定是翻腾着热乎乎的东西的，它们就好像是大海的潮汐，它退下去的时候，就是离卷土再来的时候不远了。女孩子的苗条的四肢，像白色的蛇一样纠缠在一起，那么悲哀，那么脏，让人无地自容的。小龙不会知道该怎么做，这么脏的事情，被心里的魔鬼教着不知不觉就完成了。

小龙不再说话，他把身体奇怪地拧着倒在他身上的女孩抱起来，放到椅子后面的床上。小龙没有想到，简佳的身体竟是那么轻，她的身体软软的，闭着眼睛的圆脸上，有一种回忆什么的表情，她不肯睁开眼睛，好像睡着了一样。小龙是那种身体细长的城市的男孩子，本来用足了全身的力气，想把看上去比自己结实多了的女孩子抱起来，可简佳的轻盈让他吃了一惊，继而大大地鼓舞了他。

他捉住简佳衣服下的少女的身体。

床吱地叫了一声。

简佳突然张开眼睛，里面果然是泪水。她的眼睛一张开来，里面的泪水就沿着她长长的眼角流了下来。因为是小龙俯着脸，简佳开始惊奇地看着那么近的、好像肿起来了的男人的脸，她认了一会儿，方才认出来，小龙的眼睛肿了。然后她说："疼啊。"

小龙动了动自己的身体，他以为自己把女孩子压疼了。

这时，门上的天窗外，传来了说话声，有人说到简佳的名字。简佳的身体像被沸水烫了的乌贼鱼一样，迅速地变硬，缩小，紧紧在床上团成一个球。

"她上来的，拿了饭上来，还打了一个电话回去，喏，就是这间，811。"

有人敲门。

小龙扬起上半身，扑地一声吹灭桌子上的蜡烛。

他移动身体的时候，床又吱地叫一声，简佳把他按回到自己的身上。

敲门。乒乒乒，是爸爸的。剥剥剥剥，是妈妈的。

"我们就是怕孩子出什么事情呀，暑假里，学校又没有老师管着，男孩子女孩子在一起，担心呢。"

"是的，常常有学生家长来望望住在学校里的学生的，现在的小姑娘，不好管，不是说她们，从前我们那时候，哪里敢和男同学来往，都是和一两个要好女同学玩玩就算了，现在，帮着男生一起往房间里闯啊，不是我说她们，我也说不过她们，小姑娘的脸皮，厚是厚的来。"

“好像没有人。”妈妈说，“会不会到教室里去了？”

“没有，雨下得这么大，不停，到教室里去干什么。一定在的。”

“灯也没有。人在，总要开灯。”

“要是里面有人，就是没有好事。”爸爸说。

“说得那么难听。”妈妈小声说。

“里面有一股烧什么的气味。你闻！”

“会不会出了什么事？”

拍门。大声地拍门，那声音在楼道里响得惊心动魄。“一定是烧着了什么东西！”

“简佳！简佳！简佳！”

有别的人打开房间门走出来，问明了，有人说：

“没有东西，是蜡烛，我们这楼刚刚断了电，我们大家都是用的蜡烛。”

妈妈在道谢。

“你们等一等，要么去洗澡了。我要下去看着门，我一不在，男生就偷着进来。现在的女孩子，讲是大学生了，一点不学好。”

妈妈在道谢。

简佳和小龙互相看看，不说话。他们躺着不能动，可是因为不可以动，身体很快就疲劳了，所有的骨头都开始痒起来，然后很快就酸了，它们是那么的酸，以至于他们都忍不住要动一动。他们知道床是千万不可以发出任何声音的，那是太可怕的声音。

简佳向小龙指了指窗子，又做了一个往下爬的姿势。

小龙马上摇头，接着又摇手。为了说明，小龙伸出舌头，做出一个死人的姿势，那张脸，本来是清秀安静、没有进攻力的，可在舌头伸出来的时候，突然多了一种无赖般的不负责任。

简佳别过脸去。

“和和也没有找到她，说明她一定出去好久了。”妈妈说。

“我说了孩子越大，越要抓紧，就不应该同意她住校的，风筝放出去了，怎么还收得回来？学校里的环境，我们都是过来人，还不知道。我们那时候约会，还偷偷摸摸，现在，女孩子大了，名声一旦坏了，看你将来怎么办。”

“将来怎么办？像我一样，被你骗了，退学。”

“你这乌鸦嘴，什么不好你说什么，烦不烦。老太太在，你就说什么有好事没好事的，你以为好听得很呢，真是。”

“所以我特别小心孩子。年轻的男孩子，会有一段时间疯魔的。”

“你有经验。”

“你不是也有，我们有的是年轻时代的教训。要不是有那一段，我们现在也不会是这个样子。我那些同学，多少做了主管的。”

“好了，又来了。”

“……”

“……”

“和和什么时候打电话来的？”

“是你接的。”

“我没看时间。”

“我在洗碗，对面的电视在报本地新闻，大概是六点多吧。”

“看和和多好，连住校都不住。要是那时候考和和一个系，也不用我们这么操心。两个女孩子，在一起总有照应。学校里最容易和男同学不清楚的，就是那种平时独往独来的女孩，青春期的人没有要好女生，是最危险的，她总是要有情感的宣泄渠道。”

“轻点，送你到广播电台好吗？”

“好，我不比什么主持人说得对。”

“和和很怪，你不觉得简佳在躲着她？她是有原因的。”

“什么原因？”

“我不知道。那时候好得两个人没命一样，有一次我回家，她们看到我，脸红得要命。”

“什么意思？”

简佳翻了一个身，床架子发出了大得吓人的响声。小龙惊得按住简佳。他正按在简佳的身上，女孩子身上的柔软，让小龙心里一热，他把手放在那里，装作不在意的样子，可是简佳拂开他的手。

“里面有声音？”

“你过敏。”

雨停了，月光横扫的天空，竟是没有一丝云，也没有一颗星星的。月光又明亮得可以照出来树的绿色和校园里红色小楼房的红墙。那么清澈的夜空里，没有一点点平时南方夜空里常有的絮云和因为大气污染而暗淡的小星星，只有那么一个突兀的、明灯似的月亮，看上去很奇怪似的。

门外的父母终于走了。

小龙看看一言不发的简佳，也走了。简佳走出去的时候，看到房间门前的地上，有好大的一摊水，她想，父母来的时候，雨竟然这么大。

简佳去洗澡，只开了凉水，热热的身体，被凉水一激，通身密密地起了栗。

第九章　回家

简佳家的厨房，是从房子底楼的后门进去的一间大房间，那是老式洋房的公用厨房。简佳家的煤气上，扑扑开着的，是一大锅咸肉冬瓜汤，咸肉是新鲜暴腌的，肉色淡红，看上去非常新鲜。

简佳的妈妈坐在门口的树荫里摘豆芽的根。弄堂直直地对着外面的马路，窄窄的马路被多年的梧桐树遮住了，从弄堂里看过去，像一个绿色的山洞。弄堂里的房子是从前的西班牙式样的，窗和门上，两边都有盘旋上升的石柱，多年失修以后，石柱上，长了绿色的青苔。

她看到有两个人从大街上拐进小路来，她们手里共同提着行李一样的大包，她想那一定是简佳和和和到家了，她们说好去简佳学校里拿行李的。

那天一大早，简佳在和和的学校里打电话回家来，说那天她到和和学校里去玩，遇到大雨，就没有回自己学校。和和也在电话里证实了这一点，她说那天她们学校有外国老师回国，回国以前开了一个派对，简佳正在学英文，就一起去练练外语。老师说简佳已经有了大学一年级的水平了。

那时候，妈妈看了一眼站在电话免提前面听着的丈夫，他果然笑了说：

“好了好了，那是人家客气，只有你们这种小孩子才当真。”

那外国老师说，剑桥一证，是国外早几十年的课本了，现在没有用了，所以，简佳也不想读下去，就回家来。

爸爸大松一口气，说到底还是和和帮了大忙。

两个人走近了，妈妈看到简佳。

简佳穿着白色的衣服和淡蓝色的裤子，用了吊带，她的头发突然不见了，妈妈以为她又把它们剪了，可是，后来她发现她只是把它们扎到脑后去。可是不像马尾的那种，而像是做音乐的时髦的男人的长发。

和和则把头发梳成了一个从前民国女人们常梳的髻，上面插了一个红色的金步摇。

纵使是妈妈，还是为这两个女孩子走在夏日绿树下的宁和，心里震了一下。

走到妈妈跟前，简佳接下和和手里的东西，垂下眼睛说：

“你应该回去了。”

锦衣夜行

一

学生俱乐部在丽娃河西岸的地堡里。“文化大革命”时期，学生沿河修建了长条的地堡用于防空，现在学校重新装修了它，供学生跳舞、喝软饮料、下棋和打桥牌。离开了家庭并闯过了7月的开学考试，年轻的男孩女孩大都在这时享受青春、恋爱、游戏，而且花大量的时间做青春时的玄思。因此，这改建过的地堡是受人欢迎的地方。经过丽娃河岸那一丛丛围绕着地堡出气口生长的冬青灌木丛，常能听到从地下传出的细小欢笑或者滚石乐。碰到周五去玩的人多时，甚至还能闻到一些热咖啡的香气。

李平原去那里跳舞并在那里的暗红的灯下看到安琪的时候，也是一个周五的晚上。

那天李平原去晚了，舞厅里已有不少人在跳舞，是一支用萨克斯管演奏的极慢的布鲁斯乐曲，灯也调得很暗，他躲开一对一对在舞池里摇荡的人往里走的时候，看见离吧台不远的地方聚着一群女孩，那群女孩围着长条桌上的食物轻声地兴奋地说着什么。这远远听上去，搅在音乐里，像糊麻将牌的那种含混又清脆的声音。桌上有插了蜡烛的蛋糕。

李平原过去坐在吧台上，像大学里由于功课好又漂亮的北方男生一样，当他还没有具体的女朋友时，他对女孩的注意，在调侃中包含了欣赏和希望得到温柔的内容。他认识那伙女孩，是他同一年级的同学，她们中有人向他打招呼，她们有一点得意还有一点焦虑，就像那些得到了预期中的令人注目并还期待另一个高潮到来的欢乐的又虚荣的女孩子一样。

只是中间那个女孩不同。那个女孩被蛋糕上闪烁的蜡烛光照亮了脸，脸上有两道极浓的黑眉，在烛光里面变得更长更浓。女孩的脸上有一种倾听着什么预料中可怕的事情的惊骇，在那群浮动着快乐的女孩中间，她惊恐地将眼睛瞪得很大，看着烛光对面特别黑暗的那一小块地方。

李平原知道那女孩叫安琪。安琪有很细但很柔和的嗓音，他有一次在走廊里听到她向班长请假回家，她说：“我宁可明天5点钟起床返校也不愿意今晚留在学校里，我爸爸好容易才回家来。”当时她的声音落在第一宿舍底楼的男宿舍走廊外，落进那里暖而油腻的男孩体味的空气里，似乎显示出一种特殊的女孩骄傲。

李平原这样的男孩. 对安琪有了窥视和挑战的兴趣。这时的男孩同样也有骄傲，小时候读过的童话故事，营救睡美人的王子、给灰姑娘穿水晶鞋的王子，它们留下的痕迹都没被洗刷掉。当他看到平时骄傲而且安详的女孩脸上的惊惧，生日蜡烛照烁着女孩光滑的脸，那悲哀和恐怖像是被蜡烛照亮而从身体的深处焕发出来一样，李平原忍不住顺着她的目光往后看，后面墙的暗处挂着一只石英钟，在音乐声里无声地向前走，指向8点20分。生日烛光里安琪的黑眉毛和突然显得极尖的鼻子，仿佛有了凶险的面相了。

这时那伙女孩嗬地欢呼起来。李平原和安琪同时被惊醒。舞厅里开始播放《当孩子出生的时候》，显然是她们特意为生日庆祝准备的。她们的特地发出的欢呼，阻止了已经站起来打算随着音乐跳舞的人们，他们停下来看着她们这一桌。对于青春末期，对岁月的流逝怀着特殊敏感的人来说，这样一种对生日的庆祝寄托了他们对青春的惜别自怜，情调以及可把玩的惆怅。是他们生活中的一件有色彩的大事，甚至比童年时代对生日盼望的心情更强烈。

歌声洒落在空空的舞池地板上，声音柔软沙哑，轻语着对新生儿种种美好的诺言。

安琪从蛋糕后面站起来，吹熄蜡烛，但靠近她的那一支白蜡烛却不肯熄灭，她特意弯下身再吹熄它，它只是拖长了火苗飘飘摇摇，安琪连连吹气，等最终吹熄蜡烛抬起脸时，在盈盈笑脸里仿佛有泪光在眼里闪动。

李平原远远地看着女孩们分吃蛋糕，安琪一小口一小口吃，背挺得很直，的确像是那种南方有教养的富裕人家的孩子，在这一点上，北方的女孩的确是比不上。然后舞曲又起，是一支缠绵的曲子，有男孩过去请走了安琪身边的女孩，也有两个女孩顾盼了一下自己起来跳舞。他们跳着叫两步的舞，也有人叫它情人舞。舞者互相搂抱着，只是慢慢随着乐曲移动双腿，从背影看去，在音乐和灯光的鳞片里十分温馨。在大学里，这是情人或者非常亲切的朋友上场跳的舞。李平原看安琪突然坐在切开的蛋糕中并没顾盼的神情，便断定了她没有情人。她的确像是男生中偶尔议论到的那样，是个游离在恋爱事件之外的骄傲女孩。再仔细看，发现她的脸渐渐又回到了原先的那种惊恐不宁的神情中去。由于没有了蜡烛光的照射，舞池里的粼光只反映到她的脸上，那张受了惊吓的脸宛如飘浮在昏暗的有音乐的半空中一样。

李平原走过去，安琪是那种细长身材的人。从背后看去，她仿佛是在哭一样，李平原绕过桌子走到一侧叫："安琪。"

安琪猛然转回头，惊骇地将眼睛瞪得很大。李平原连忙安抚她："对不起吓着你了，想请过生日的小姐跳个舞。"

安琪说："对不起，我一定要回家了。"

"你的生日晚会好像还没有完。"

安琪说："不过，我一定得回家了。"

"你家等你过生日吗？"

"不是，我就是觉得应该赶紧回家去。"

这时留在桌子另一角的一个女孩轻喊起来："安琪你太不像话！我们是在为你过生日，倒好像是把你抢来的一样，不停地胡说要回家，真扫人家的兴。"女孩看了一眼李平原："你好没情调。"

安琪看着她说不出什么，这时有一对跳到安琪面前向安琪道生日快乐，安琪笑着谢他们，重新又变成一个礼貌的公主，她看李平原还站在桌子旁边，便站起身来说："那么跳舞去。"

走到舞池里，李平原将手围住安琪的腰，迟疑了一下，说："我跳得没有你父亲好，你包涵。"

安琪的脸被一个微笑照亮，变得十分秀丽。她微微侧过脸来看李平原，"你从哪里知道我父亲会跳舞？"

"和你跳过舞的男生。他说你完全是一种旧贵族的跳法，跟你跳舞老觉得配不上，你是你父教的。"

"哈，"安琪睁大眼笑了一声，"做船长的父亲在中文系男生里出了名。"

安琪果然使人感觉不同。她的身体决不随舞曲晃动，眼睛只看着李平原的耳朵，轻盈温文地随着李平原转动，使李平原不得不绷紧身体想像一个灵活的绅士的模样，他甚至不敢和安琪说话。他猜想着那个有钱又会玩，而且占尽了男人英雄气概的远洋船长和安琪跳舞的样子，他想也许骄傲的自己，也是配不上有这样一个家一个父亲的安琪的吧。这样想着，在安琪美丽的脸上发现了类似忍耐着的神情。

安琪忽然说了一句："我父亲真正是享受过青春的。"

这时看到走廊里的壁灯，那是做成了蜡烛模样的金色的灯，粗粗看上去十分好看。他们才意识到一路跳到门边来了，甚至还听见了外面传来的大象棋敲在硬木棋盘上的响声，安琪的脸突然变得苍白，她拿下手来，冲出门去。

二

安琪被寂静中的钟摆声惊醒过来，已经是第二天的黄昏时分了。安琪这才发现自己的确是坐在小屋的沙发望，旧沙发里的弹簧随她身体的移动发出沉闷的声响。

父母房间的荷兰木钟沉沉地发出报时声，隔着走廊传来，还仿佛是梦中的烟雾一样。

然后她想起来从学生俱乐部出来，一路奔到车站再奔回家的情景，十分黑的夜晚，路灯像冰凉的水滴一样沾在眼皮上面。然而，走进家的那条扫得干净的大弄堂里时，她听到远处的弄堂深处，有隐约零散的铃声传来，一如她从小到大一直做着的梦一样。铃声仿佛是一种含意不明的呼唤，使她心惊。

紧接着她看到了做熟的梦中情景，看到一些细碎的光线在地上转动，看到自己穿了白袜的脚，看到家里在夹竹桃旁边的窗大开着，宛如惊骇得大张开的嘴。

她看到高大结实的父亲从餐桌旁的高背椅上软软地滑下来。

父亲就这么死了。

梦中的她惊慌地跑过一大片干枯的水稻田，田里裂开龟纹，并起伏不停，还能听到一种嘶嘶的沉重的声音咚咚地响。

水稻田垄里全裂开了很黑很深的口子。

父亲死于从来没发现过的心脏病，心肌缺血而大面积坏死。

安琪走到镜子前，镜子是父亲特地在汉堡买的，做成一个舷窗的式样。很精致的镜子甚至能反映出黄昏时分那种潜入房间角落的褐色暮气。镜里的眉毛将整个一张脸完全弄坏。

脸上浮肿，安琪想起自己没有哭过。

父亲最后送到医院停尸间的时候，安琪抓紧了停尸床的白铁杆子跟了去，半夜的风吹开盖在父亲脸上的白布，在夜光下，父亲由于死亡已经改变了模样的脸上，也有极浓的两道黑眉，父亲的头发早已花白并散发他一贯的混合了男用香波和香烟的气味，但他的黑眉仍然生动地在脸上伏着，仿佛焕发着不能破坏的生命力。

安琪觉得自己的眉毛从来没这样茂盛漆黑过。这就是令父亲一直骄傲的脸吗?

圆镜里的室内，没有任何变化。暮春的风轻轻吹动窗纱，露出年代久了以后，出现了龟裂的白漆窗台。然而室内有一种从未有过的荒芜的气味，灰尘般无处不在。

安琪站起来打开门。这栋老式的楼房有极宽的地板走廊，走廊里有宽大的俄式窗台。走廊拐角的暗处有一个透明的人形，他微微含着胸，将手插在腿边，慢慢地晃动地走着，就是父亲走路的模样，航海的人，长年走在摇晃的甲板上，所以走路慢慢也会有随海浪晃动的意味，再加上父亲作为船长的威严、彬彬有礼，作为一个从事世界上最有教养又最有男人意味的职业的人，那种在随意中渗露出来的浪漫情怀，那种常和大海相处的人在身心上的松弛，这一切都是父亲的。安琪惊喜赞叹地轻呼："爸。"

父亲转过身，父亲没有脸，父亲惊恐地往后退，然后消散在温暖的充满了春天的阳光和植物芳香的暮色里。安琪裸露在外面的脚感到了冬天遗留在室内的森凉和春天的新鲜的暖气混合在一块的那种不均匀的温度。

安琪经过走廊推开父母亲的大房间。她记得那时因为房间里来了很多吊丧的人，有人提到她出生时候爸爸船上的那场莫明其妙的大火，她突然大骂那个人，她把给那个人端来的水杯砸在地上，茶叶和水在地板上变成细条细条的水浪和大颗的水滴，她的灵魂好像在那时是悬在半空中的，她的灵魂盘踞在吊灯之下悲哀地听着她肉体发出的刺耳声音。

大房间里也已经暮色沉沉。父亲和母亲的那对合欢床的铜床架闪着黄色的微光，母亲在她的床上睡着了。床上方的墙壁上挂着母亲的木十字架，是外婆家里传给母亲的，那木头细腻结实，棕红色的，并轻轻地散发着轻微的芳香，那里雕刻着一个不穿衣服的受难的人，是神仙的儿子。

父亲和母亲很恩爱。安琪从小见惯了他们拉在一块的手指，父亲从背后拥抱母亲的模样。母亲是心境安静的女人，最喜欢晚上早早地躺在床上，让在家休假的父亲给她端茶杯，或者拿小食盒子。父亲常在这时俯下身去吻母亲的额头。

母亲现在蜷缩在毯子下面，变成单薄的、细小的一片。

父亲仍旧很快地弯下身体，游戏般地吻母亲的额头，母亲会笑起来，安琪也笑了起来，但父亲的人形哆嗦一下，抽身而去。

墙角的荷兰木钟上的小门突然打开，从门里走出来一个穿白衣有翅膀的小木头天使，接着又出来一个，小门里传来一支钟敲出来的荷兰民歌曲调，是沉沉的金属的声音，沉着而明亮。

这是父亲最喜欢的，父亲会一仰身靠到沙发背上，然后说：“这才是到了家。”父亲的头发白得早，但白发给他增加了许多黑发所不能有的华贵的成熟。父亲是一个华丽的人。

钟摆的玻璃箱上突然反映出爸爸在沙发上露出的半个有整齐花白头发的头颅，那头颅忽地一闪，不见了。

木头安琪儿一个一个回到发出音乐声的小门深处，小门呼地从上面落下，关上了。

母亲睁开眼睛，看到安琪在沙发背上不断地撕着沙发的靠巾。母亲站起身体来：“安琪?”

母亲过来抱住安琪，安琪一阵阵地哆嗦起来。母亲借着对面楼射过来的灯光，看到安琪的耳垂到脖子露出的一段女孩柔软的小麦色的皮肤上，密密地起了一层栗。母亲抱紧安琪，她闻到从安琪的衣领里散发出了潮湿的汗气，紧接着，她紧贴在女儿背脊上的手感到了透过薄薄毛衣而来的冷湿。她伸手抚摸女儿的脸，女儿的皮肤柔软而细腻，很像她的丈夫。

母亲轻轻说：“安琪，没有人会认为你和爸爸的事有联系，那是天意。”

安琪没有作声。

母亲像很久以前拍婴儿时期的安琪一样轻轻拍抚着安琪湿漉漉的

细长的背，说："安琪，我们就把爸交给上帝照顾。"

"问题是我，我不愿意把爸交给什么上帝。"

"我们没有办法。"

"我就是要爸回来。我听人说鬼魂 7 天之内不会走远，我要爸的鬼魂回来让我看。"

别人家的灯光透过窗纱将屋里映得半明半暗。从妈妈的肩膀那儿看过去，安琪看到门口的沙发浸润在黄昏的灯影里面，沙发旁边的几桌上还随手放着爸的烟斗，是他从古巴带回来的。安琪看到黑暗中有只手本想摸向烟斗的，但像被什么烫了似地飞快缩回到黑暗中去。

安琪大喝："别躲着我！"

母亲惊骇地抱住她的头："怎么了安琪？"

安琪挣脱母亲，才发现周身的衣服全被汗浸湿了。

三

李平原在课间休息的时候听说安琪的事的。一开始是前排的女同学在说。女同学们说安琪的粗眉毛在相书上说，就是要克死所有她爱的人。还说安琪出生就是为了克死她爸爸的，所以生日那天将他克死。安琪在年级里学习并不拔尖，但教养很好，又是对人淡然骄傲的女孩。女生们这样的议论里，也并不是没有一点嫉妒的！

女生们还说安琪伤心得眼圈都青了。

这样年龄的女孩，尤其是学文学的女孩，由此就设想出了许多的惊心动魄。

李平原马上就想起了那天被蜡烛照亮了的悲哀又释然的眼神，他知道了这原来是女孩不祥的一预兆。

接下来的现代文学史课，李平原一直在默默地玩弄手里的钢笔。安琪原来多少有点使他气馁的背景突然变得让他怜悯了。挑战的激昂情绪也随之变成一种温柔的安抚的心情。李平原想起那天在那支缠绵的舞曲里安琪坚持和他只跳最正式的交际舞的情景，还有安琪始终挺得很直的脊背。李平原越来越温柔地想起这一切，他对前排长着一张像马一样的脸的女生产生了反抗的心情。他看清那女孩还在嫉妒安琪，她去看望几近疯狂的安琪，并再三描述她青黑的眼圈，都出于她这样的动机。

李平原认为他可以张开大氅来将女孩冰凉的身体轻轻裹住。

安琪没到学校里来的这几天，天气突然热起来，原来树枝上还有些发黄的嫩叶几天之内就长得又大又绿，充满阳光暖气和野草、新叶芳香的空气使喜欢晚睡的大学生在中午昏昏欲睡。一到午饭后，整个第一宿舍很快就一片寂静，只看到暖风缓缓吹动放下的蚊帐。第一宿舍门口的半圆门洞里停满了大学生在校园里常爱骑的旧自行车。

李平原在一个中午突然惊醒，也许是中午在食堂吃了过咸的韭菜的关系，李平原很想喝一点水，但居然所有的水瓶都是空的，大家都懒到要坚持到最后一分钟才肯去打水。他打开寝室门到盥洗室去喝自来水。

从盥洗室里出来，他听到有轻而清脆的响动。他走到门洞里去看，那时好像有个声音催着他到那里去。他果然在那里看到了安琪。

安琪背对着他，坐在一辆自行车的后书包架上，她不时曲起腿，使自行车的钢丝碰到锁环上发生碰撞的咔咔声。好像她很专心地玩着这个游戏，她的手臂上佩着黑纱，后来李平原发现，每当她推动自行车的时候，掀起的风会带起那块黑纱，黑纱轻轻飞起又落到她抬起的手臂上面。

女孩的后面是阳光灿烂的树丛和野草，好高的狗尾草。李平原从来还没看到过外面那个荒弃的篮球场这样的美。狗尾草在太阳里绿绿地低垂着，一动不动。

李平原做出一个响动。

安琪回过头来，她的黑眉的确将一张女孩的脸弄得古怪，仿佛极大的一摊阴影。

“别难过，好吗。”李平原说。

“难过什么?”安琪问，安琪将嘴角拉得很长，强硬地向上弯去，弯成一个微笑似的神情。

“那么大概是我弄错了。”李平原说。

“我也这么想。”

“我，我是你的同学，我叫李平原。”

“我记得，我们一块跳过舞，跳过《月亮河》。”

“如果有什么要帮忙的，找我好吗?”

“谢谢侬。”安琪突然用上海话说了声，她低下头，耳后的短发围过来将她的眼睛和脸颊掩住。

安静里，只听到整栋楼都在做年轻人熟睡时的畅快的呼吸。

安琪听到李平原拖鞋下楼梯的声音，抬头来，拿黑瞳仁的眼睛看了他一眼，说：“谢谢你。”李平原听出了声音里的骄傲和礼貌，他停住脚步。他坦然地看着安琪，他觉得自己甚至是温和地看着那女孩的。骄傲的女孩有时会使男孩子感到自己已长大而且成熟。在不知不觉里，他们的关系已经大大向前迈进了一步。到下午上课去三楼教室的时候，李平原经过安琪前排的座位到后排男生的座位时，安琪向他点头招呼，并露出一个淡淡的微笑，就像那些刚刚遭到不幸的人一样，她的微笑里没有愉快，她的眼圈果真黛黑着。

他们都感到教室里有不少同学非常注意地看他们，那些还没完全睡醒就不得不到教室来报到的同学，他们一进教室就趴在课桌上继续睡觉了。

下午的哲学课是非常无趣的一门课，在一片倒伏下来睡着的同学中，李平原看到了安琪的后背。她也是那群一上课就伏到桌上去的人中的一个，她伏在课桌上一动不动。但从她的后背看，那微微向上耸着的样子，不像是睡熟的放松下来的身体。

四

星期三是家在本市的寄宿生感觉最无趣的一天。这一天离周末回家还远，可周一回校时的小小新奇也已经消散，学校变得特别平淡无奇。到了黄昏时候，学校广播台放一些轻盈的乐队与小号、乐队与钢琴的旋律，学校上空，特别是丽娃河两岸大片大片盛开着蔷薇和夹竹桃的地方，春风沉默中搅和进这样的音乐，令人感到忧伤。

往日安琪总是在这一天向班长请假回家，由于安琪一回家就不能参加第二天一大早学校规定的早锻炼，会影响班级集体评比时的出席率，同时大概还有一些在大家都感觉无趣时候有人逃脱，剩下的人感到是被抛弃。班长总不情愿同意安琪回家。安琪并不是一个绝对我行我素的人，所以许多男生都看到过安琪在男寝室外走廊里和班长纠缠的情景。

在星期三时，李平原不自觉地在下课去图书馆的人流里面寻找安琪低头走路的身影。他认为安琪又会向班长提出回家的，所以他特意走在班长旁边。

他们在丽娃河的石桥那儿看到了安琪，她也往图书馆去。女孩低垂着头，独自向图书馆走，看上去很无助的样子。

班长在一棵矮矮的玫瑰花树那儿追上了她，玫瑰花大朵大朵地谢了，四周落满了微微卷曲起来的花瓣。班长说："安琪，今天不回家？"

安琪看了班长一眼，点点头："有事吗？"

"我是说，要是想回家就回去。"

"谢谢你。"

安琪看看在一边望着她的李平原，让到一边，她身后碰到那棵盛开了上百朵玫瑰花的花树，花瓣柔软缺水，雪片般纷纷落下，安琪转过头去笑了一声，伸出手去再摇，地下的花瓣很快就把泥土都遮盖起来了。

两个男孩站了一会儿，到图书馆里去了。

安琪等去图书馆的同学都已经走完，丽娃河四周重新安静下来以后，沿着丽娃河旁的土路走上学校的大林荫道。

林荫道的一边通向校外，另一边通向丽娃河。

安琪听到书包里饭盒和小匙碰撞所发出的响声，在大学生的书包里常能听到这样的声音，这是他们吃饭用的家什呢，随身带着，到吃饭时候用不着回寝室拿去。

安琪走到丽娃河旁边的红楼下，红楼是外语系的，外面种了一些杉树，不知为什么，这里有种与学校别处都不同的异乡的情调。由于父亲长年都在世界各地，父亲身上总有让安琪感到遥远而新鲜的乡情调，父亲想来是喜欢西方时尚的人，他综合了许多国家的气氛和时尚，变成了一个无限新鲜的、有温文强健风度和整齐花白头发的船长。

安琪坐在一棵叶子发红的杉树下面，舒舒服服将头靠在光滑发白、奔流着春天白色树汁的树干上。

父亲这次休假时间很长，安琪每个星期三都逃回家去，父亲会领她到海员俱乐部去跳舞。每次她咚咚跑上楼梯，故意把木头的楼梯踏得吱呀吱呀的响，父亲会在灯下伸开好长的胳膊说："嘿，逃学的小姐来啦!"

江边的俱乐部舞厅里，常能看到非凡的高级船员，那些漂亮的船长制服，那些好闻的甜而清新的香烟气味，各种各样人种和皮肤的身体上散发出来的、经常和大海打交道的男人才有的那种机灵、健康和放松，每每和父亲坐在那里的白色小桌旁边，安琪都想说一些崇拜的话，但说出来的，只是嘲讽同学的小气、急躁、穿了女式拖鞋在家里乱走的父亲的笑话。安琪看到父亲的眼睛在浓眉毛下愉快地闪烁着，她想父亲懂得。

仿佛又看到那天晚上在父亲拖鞋上一掠而过的青白色的父亲亡灵的手。安琪用力闭了一下眼睛，将它避开。

她拿出一个英文单词本来，放在脚边的草地上。

安琪吃完晚饭去了图书馆的阅览室。在门口寄书包时，教师说："到别的地方去，这里满了。"安琪坚持将书包递给他，"说："有同学给我留座位的:"

老师这才接下她的书包。在大学里，恋爱的人常是男孩先去给女孩留一个座位的。

安琪走进去借了杂志，在一排一排黄色的长桌前走过，细细找着座位。这时她听到有人轻轻叫她，果然是李平原，安琪的脸有一点红。

“找什么?”李平原从座位上站起来。

“找杂志。”

“有地方坐吗?”

“我要到那边再去找一下，要不然我早回家去了。”

说着安琪向阅览室门边的几排高大的书架走去。那里陈列着文化大革命以前的期刊，很少有人去看那里的书，所以走进那里去以后，能感觉到类似进入密室的狭小安静，老的期刊散发着干枯的纸张的樟脑气味。

安琪靠在一排书上，她擦了擦手心里受凉的湿汗，李平原把书和笔记本收拾好，默默地等了一会。然后向书架走去。书架上的期刊都做成了合订的精装本，面子是仿皮的黑色人造革，期刊的名字和年号烫成银色的大字。走过去的时候，感到这是一个有亘古意味的夜晚。

安琪靠在最靠门的那排书架上看书。

“安琪?”

“……”

“干嘛不坐着看?”

“没有座位了。”

“我的座位，”李平原扭过头去看看原先的座位，“我的座位也坐上人了。今天太挤了。”

“是。”安琪说着把书插回到书架里。

在书架的深处，有一个男孩飞快地吻了旁边的女孩的头顶。

安琪回过头来看看李平原，他们都笑了一下。

李平原引着安琪向外走。

丽娃河的波纹在月亮下很亮很重，像盖着一层银甲。

丽娃河边没有人，静得能听见树上的花朵谢落的扑扑声。

丽娃河是学校里有名的情人的河。

安琪在前，李平原在后，经过丽娃河走到旁边的操场上。操场上体育教师新画了跑道线，白线一圈一圈静静环绕着。

“他们都说你挺凶的。”

“凶吗？我不觉得。”

“你就是这样不爱说话的吗？”

“不是，我是不知道该说什么好。”安琪坦然地看着李平原，“在中学里我们学校是女中，全是女生，可是女生里我几乎就没有朋友。所以，我不知道该怎么和男生来往。而且……”

李平原等了一会，安琪看了他一眼不再往下说，便问：“而且什么？”

“而且，我直说吧，我觉得男生很没有风度，像没完全长好的男孩，他们，他们好像很矮。”

李平原笑起来：“你片面，哲学学得不好。”

安琪说：“不片面。”

“难道我也矮吗？”

李平原在月光下的肩膀平而宽大的俯向安琪，使安琪在一瞬间仿佛又看到了父亲，父亲的肩膀也是结实而挺拔的，五十岁的父亲一点也没有发胖，这样的肩膀应该是硬硬的。

安琪望着背对着月光因而一团昏暗的李平原的脸：“你不一样。”

“谢谢。”李平原玩笑般地说了一句。

一时他们没有说话。他们沿着跑道往前走，有时着意踩在新画的跑道线上，像小时候摇摇摆摆在人行道的细长石阶上走路的情形。将操场和丽娃河隔开的树丛里有什么花在晚上盛开，经过那里的时候，飘来一阵一阵花香。

“真香。”安琪轻声说。

“哎。”

远远地看到体操台上好像爬上去一个人，站在台上，过了一会儿，传来流水般的音乐声。这音乐只是轻柔地响着，仿佛是一段复杂的音阶练习，但却把这个春天的晚上变得不平凡起来。大约是学校的学生艺术团的人，他们在附近有一间排练室。

“很好听。”安琪又轻声说。

“是在吹箫吧。”李平原很近地看着安琪，安琪的头发被月光照亮，泛出微蓝的光来。

“哪里！”安琪垂下头去，“是黑管！是音乐中最好听的乐器。”

父亲最爱的是黑管和长笛。听音乐会的时候，哪怕乐队里只有极小的一段黑管或长笛 soio，他也会从椅背上直起身体来的。小时候的安琪觉得，黑管上的银饰和父亲的船长制服很相像，她最初喜欢黑管，就是因为这种相似。

的确，父亲是真正享受过人生的。

“啊。”李平原小心地看了安琪一眼。

他们再次走到操场出口处的时候，安琪在前，李平原在后，沿着原先的路回到第一宿舍。第一宿舍住的全是文科学生，一楼二楼，住中文系、历史系和音乐系的男生，三楼住女生。

在楼梯口，安琪对李平原说："再见。"

那声再见里，是有着告别的意思的。

等安琪在楼梯拐角处消失以后，李平原走到自己的寝室门口，他们寝室正对着一楼的边门，外面就是那个废弃的篮球场，那里有一条小路越过长满野草的篮球场通到校外。李平原打开门看了一会月光下发出银亮的野草长叶。突然一只黑猫从黑暗里向他冲过来、李平原兜头一脚，将惊慌无措的黑猫踢回到野草里去。

五

对于安琪星期三违反常规的不回家，母亲暗暗地松了一口气。她早早吃了饭放下窗帘，跪在床前的地毯上祷告。丈夫突然去世以后，她最希望的，就是在黑暗中独自跪坐在一点都没有改变的房间了。前些天刷牙时她仿佛故意将浴室小桌上丈夫的剃须水打翻而没再扶起瓶子。这样，和房间有一门相通的浴室，都淡淡飘洒着丈夫身上的一种气味。

黑暗中丈夫的床架露出静静的暗黄色的光泽。连烟斗还放在老地方，一切都没有改变。这使她心里恍惚而安静。浴室打开的门里能看到洗脸池和洗脸池上方透上的镜子的反光，她看到丈夫透明的人形站在镜子前，像往常一样微微弓起背看自己在镜子里的脸。

"嘿。"她总在房间里看到丈夫，只是他的身体变成了透明的，透过丈夫的身体，她还看到后面架子上她的洗面奶的金黄色的瓶子。看到丈夫在房间轻轻拂来拂去，她的心总像微笑一样略略松开皮肤。丈夫就是死去了也不愿意去天堂呢。感谢上帝。

丈夫在镜前温柔地转脸看她。隔着一个死亡的谜，她还是能感受到丈夫的爱。丈夫的职业和心灵把他自己造就成为一个少有的浪漫的讲究奢侈的刚强男人，丈夫的爱虽然到现在，仍像一个少女梦中的爱。

“嘿。”她温柔赞叹地向丈夫打招呼，“感谢上帝你又回家了。”

星期三那一夜，她和丈夫谈了许多，是用心的语言来说的，就像没有生安琪的那些婚姻中最优美的日子一样，那时用嘴说，现在老了，用心说要好一些。

她有些怕安琪。她感到安琪一回家，家里就会突然充满了丧家不能自拔的悲伤。这悲伤会压得她不能呼吸。

有安琪，很好。

星期六安琪回来得很晚。春天的黄昏很长，荷兰钟打了五点三刻，她出去看安琪，经常这是父亲的功课，每一次，父亲总能把安琪领回家，他们把楼梯踩得很响。

安琪一步一拖地走过弄堂旁边的黑竹篱笆的夹竹桃树丛。夹竹桃的上千朵花和它们的气味几乎不能让人呼吸，特别是想到它可能含有致癌毒素的时候。

安琪看到母亲，忍不住哭出声来。女孩激动的抽泣声惊动了旁边楼下的邻居，邻居低声说：“真是作孽，好好一份人家。”

母亲搂住安琪不知应该说什么，她将头微微避开女儿张开嘴大口呼出的热气。她尽量快尽量多地在心里说：“给我力量，主啊。让我担当起母亲的责任，主啊。”

安琪在整整一晚上一直跟着母亲，将周末电台和通俗歌曲点歌节目调大了音量，将所有的灯都打开了，整个家都弄得惊慌失措一般。

母亲将一些录着赞美诗的磁带送到录音机里去放，并顺便调小了音量，赞美诗和简单的钢琴与风琴声慢慢使家里安静下来，安琪终于在沙发角落坐下来。

赞美诗的安宁里有一种有物可依的乐观与坚强，虽然曲调简单，但它使家里渐渐有了明朗的、安宁的气氛。母亲在房间里走着将安琪弄乱的东西归到原来的地方，特别是被踢到沙发深处的父亲的皮鞋拾出来放到原来的地方上去，一边将多余的灯一一关掉。安琪只顾着手里的赞美诗，并轻声跟着一起唱。安琪的声音里还有一种童音遗留在里面，唱着的时候格外好听。

好容易。刚才那种狂躁清除掉了。

母亲告诉安琪已经告诉了杨牧师，请教友礼拜时为父亲亡灵祷告，并送去了两篮雏菊做的花篮。母亲说："跟我去教堂。小时候你倒是常去呢。我去礼拜时，有一个牧师管着你们小孩，给你们讲圣经故事。"

安琪和母亲散漫地聊着天。当她们停下来时，屋里的安静无声十分不自然，不由使人想到那些谈话声只不过是为了补充失掉一个人以后的巨大空虚。每句话的回音里渐渐都有父亲浮现出来，父亲像飘浮在水面上的一个球，永远打不沉。

渐渐她们的声音沉下去，父亲以及父亲在生日之夜突然的死亡完全地浮现出来，占满了整个房间也逐渐占据她们的整个思想。

安琪看着父亲那很安静地和母亲停泊在一块的金黄色的合欢床，金黄色的有着大朵望日莲图案的床罩，对于、自己是永远不会再掀开了。安琪这样想。

"妈，你告诉我，我生出来时大火的事!"

“不过巧合而已。”

“我没说不是巧合，我要知道。”

“爸爸的船到了吴淞口外，但因为一直没有泊位进不来。那时我就要生你了，本来说会难产，所以爸很急。但后来一下子就生下来，助产士连切口都来不及就生下来，爸爸那时正好往医院打无线电话问情况，突然驾驶舱就起了火。不过爸爸一点没烧坏，就是在座位上的表烧坏了。”

“是我生出来的一个时间吗？”

“当时怎么算得出来。”

“可有人说爸爸的表就停在我出生的时间上呢。”

“也是说说而已。”

“从前你说我一生下来就叫了一声爸爸？”

“不过是哭的声音发音相似。”

“我告诉过你我小时候做的那个梦？”

“啊，就是那个干枯的水稻田。对的。”

“最后一次做到是万灵节。”

“啊。”

“我知道，那个干枯的水稻田就是爸爸因为缺血而坏死的心脏啊。”

母亲吃惊地抬头看安琪。安琪的眼睛发出极亮的、像小兽咬人时的锐利的光芒，安琪的脸上厚重的汗毛被灯照出了一片金色。

“真的啊，从小我就听到爸最后的心脏很重的跳动声。”安琪突然扬起左边的眉毛冲母亲吃惊的脸响亮地笑出声，“咚、咚，跳得很重。”

“胡说。安琪，从来没人会以为你和爸死有什么关系。安琪，你和爸，全弄堂的人都说好。”

“就是因为这个，我奇怪啊。为什么爸现在看到我害怕得直躲呢。”

“胡说，安琪。”母亲在沙发上扭动着身体厉声喝道。

“妈，其实你心里也这么想呢，你已经跟我说过好多爸死和我没关系了，别的人也跟我说过好多次了。我能听出你们这话里面的意思。因为你们其实心里想的正好是相反。”

安琪从沙发的一头向母亲所在的另一头移去，沙发上的皮不断发出吱吱的响声，并从深处散发出一些兽皮的那种气味。安琪将手放在母亲膝盖上，母亲双腿一抖。安琪点点头，说：“天下所有的女儿里，我是最爱爸的一人。”那天晚上，母亲和安琪各自关上房门休息。她们把走廊里父亲的一双意大利杏黄色的休闲鞋关在外面。

安琪先照了一会镜子，并自言自语说：“你看我的眉毛都黑到什么地步了。”然后，她收拾了一下女孩永远收拾不干净的放纪念品的抽屉。她找到父亲从前送她的一枝水银笔，笔里有一些水银在空腔里流动，空腔里还有一小块大海，一小块蓝天，一条极小的海盗帆船，船头上有一副死人头骨。移动笔的时候，那条小船就来回地驶动。她把笔拿出来，放在书包旁边，打算去送给李平原。她想这北方骄傲的男孩合适用它，她还想到了李平原那对聪明干净、有着分明温情的眼睛。她打开看灯睡了一夜。

这时候，母亲关上百叶窗并合上窗帘，躺到床上，不一会，她看到父亲的人形坐到了他爱坐的沙发上。他的脸整个是模糊不清的，只有那两道浓眉不相配地感伤而且惊痛地向额头扬去。他拿着报纸，放在嘴唇的部位。有时他有什么不愉快而又迷惑不解的事时，他常就做这样的姿势。母亲在枕上遥遥望着他说："可怜的人。"

六

星期天傍晚，安琪回校。在中山公园附近换车时，她默默听着车站上同校的同学交谈的细琐的声音，听了一会，她从书包里取出铅笔盒，打开，拿出里面打算送给李平原的笔。水银在夜光和附近的白色路灯下闲着金色的美丽光芒，然而，突然有了一声极细小的碎裂声，笔在安琪手掌里裂开，水银在裂缝里挤出来，化成极圆的饱满的一滴，落到安琪手掌里的一块淡棕色的阴影上，安琪一拦，它便落到人行道上并迅速地无影无踪。安琪愣了一会，再晃动笔，笔里的小船顶在一头。没有了水银，那里面本来神奇的一切，全都粗糙难看起来。

安琪仔细地看了又看手掌里的阴影，用力擦它。然后她把握笔的手连同笔一起塞进上衣口袋。

走进学校，看到李平原寝室透过棕榈树的日光灯光的时候，她将那枝笔扔进了篮球场旁边的草丛里面。

她去敲李平原的门。门里没有应声。

她回到楼梯口打算上三楼时，在寂静中，隐隐听到哪一个寝室里有录音机播着音乐，是听上去悲凉又温柔的曲调。她停了一会儿，上楼梯去。在楼梯拐角的地方. 她突然看到了李平原。李平原微笑了一下，在安琪从黑暗到灯下还没完全适应的眼里，灿烂如冰雪之上的强烈阳光。

"干嘛站在这里?"

"等你。"

“……骗人吧！”

李平原随安琪上去放好东西，然后他们去跳舞。学生俱乐部在这个星期天晚上借给福建同学开联欢会用。学校这几年福建同学不少，一路往俱乐部深处的舞厅去，一路看到矮小的、长着漆黑的眼珠的福建同学，高声说着拖着长长的尾音方言。

舞厅里正好播放一串缓慢的舞曲，在场上跳舞的人照例不多。安琪看到她过生日的那张长桌上没有坐人，只有一只细长的深蓝色花瓶，花瓶里插了一枝黄色的花，那朵花那样美丽柔软以致安琪怀疑是一枝假花。

李平原拦住她的视线，张开手臂请她跳舞。安琪转回眼睛，看住李平原的肩膀，那肩膀在粼光灯和音乐的背景里，的确太像父亲，一样的结实手臂。安琪被逼出了薄薄的一层眼泪。眼泪里看四周，所有的粼光全变成了闪烁不定的银色星星。她向前一倾，倒在李平原怀里。

李平原抱着安琪随音乐摇晃。

但安琪的身体笨重得僵直，当李平原一次踏准节奏时，他的手稍稍暗示了安琪一下，竟将安琪推得向旁边跄了一步。他们在音乐里不知所措地再三踩错节拍，以至于那跟不上音乐的搂抱变得笨拙可笑起来。安琪放在李平原颈后的双手紧紧握成了掌，指甲紧紧掐到掌心的纹路里。李平原看到安琪窘迫得眼皮都绯红起来，他几乎想带安琪逃跑。这时安琪找到了节拍，终于他们跟上了音乐。这时他们听出来这支曲子叫《月亮河》。头顶上的粼光灯旋转着不断洒落雪花一般细碎明亮的光线，仿佛静水上的粼波。

他们的身体渐渐柔和轻松，并变得情意绵绵。乐曲里的一种细诉衷肠的亲切和温柔，如水漫上宣纸一般，无声但不能阻挡地在他们身体之间已经非常狭小的缝隙里弥散。他们慢慢小心地调整了身体的姿态，使之在不惊动那新滋长出来的东西的基础上更互相舒服一些。

正在这时，音乐停下来。乐曲完了。尾声还没完的一瞬间，他们突然分开，好像所有的东西，那些温柔的：如梦的，全都随音乐而去了。李平原动了动身体，将安琪还放在肩上的手挪下去。安琪的脸红得像马上要滴出血来。

七

上午上课时，安琪发现李平原坐在男生最前边一排座位上，下午再上课时，她就坐到女生最后一排座位上。下午的课仍旧使人昏昏欲睡。教室上空慢慢回荡着的，是被太阳晒热而加倍散发出的松针和蔷薇花的气味。安琪和李平原在这样暖和得令人懒洋洋的稠重空气里若有所思地昂着他们的头，从讲台上教师的角度看过去，像准备蜕皮长大的蚕一样。

他们上课下课，吃饭和上图书馆，渐渐总走在一起，学校里有两类学生经常在一起出入，一类是情人，另一类是专业伙伴。所以一起的同学并没有十分留意他们，只是他们自己，在暮春的丽娃河两岸走着。提着书包和饭盒，时常在走得很近时肩膀和手肘碰撞在一起，彼此感到身体的体温和陌生的气味，以及在碰撞时掩盖不住的好奇、吸引和渴念，有时这种碰撞有着暖昧而激动人心的企图，小小的试探和接触，像纸里的微小的蓝绿色火苗一样，不时地一闪又熄灭。他们都等待着火苗突然连成一片，轰然燃烧起来的那一刻。但即使是这一刻立即就会到来，在没有恋爱经验的人来说，仍旧是茫然不知的，当小小的激动人心的接触消失后，那时的心情几乎是绝望的。

离开李平原后，安琪走出学校。学校已经处于市郊，只有一些专门为学生开设的简陋商店。她想送给李平原一样东西，但在商店望唯一不那样风尘仆仆，也不乡气的，只有一副黄褐色的麂皮手套。然而这已不是该戴手套的季节。

从商店出来安琪乘车去商业区。在商厦里她买下一双白色飘马鞋。鞋实在很美，连鞋的包装，都好像带着遥远、阳光充足的而且无忧无虑的青春气息。安琪抱着鞋盒上车回校的一瞬，她感到自己就如怀抱着一个安睡的婴孩。

车子经过安琪平时下车回家的车站。车站那儿有一家私人酒吧，做成美国西部板屋的模样。那家酒吧总静无声息。走近了才能听到隐隐的乡村音乐声，父亲原先，就是站在这里等安琪回家的。她隔着有雨水斑点的车窗玻璃看空出来的那地方，下午发黄发红的阳光晒着那块方格子的人行道和半面木屋板墙。安琪又意识到，那个梦里一横条一横条粗粗的黑色的东西，就是板墙。安琪闭上眼睛，紧紧夹住眼皮，以致眼球都疼起来。好在车带着她越走越远了。

要下车时才发现放在售票台上的鞋不见了。安琪叫嚷起来，售票员默默看了她一眼，关上车门宣布，车将不再停站一直开到终点。所以，拿了鞋的人赶早就把鞋拿出来算了。一车的人都沉默着不说话。

到了终点，车只开一个门，售票员和安琪把在门口，一个个看乘客们下车。每个人都默默地看安琪一眼，没人拿鞋，没人埋怨。空荡荡的车厢里有一张废票，一些香蕉皮，没有鞋。

售票员最后说："老实说我从来没看到什么鞋放在我台上。"

安琪站在终点站的站牌下，看了那车关上门，在无树的灰色马路直转了一个大弯，向前驶去。

晚上吃饭时，李平原在食堂角落里看到安琪，便过去问："到哪儿去了？找不到你。"

安琪扬起脸来抖了一下黑眉，活泼地说："好累噢！做考查的作业。不过做好了。晚上可以玩。"

晚上他们一起去丽娃河。丽娃河两岸没有专门设的路灯，河岸斜斜地布满了野草和开了极小紫花的紫去英。不远处的图书馆灯火通明，坐在丽娃河岸上看去，别有一种带书卷气的美丽。河流静得几乎不像河流。

安琪拿出一个黑色的小录音机："好看吗？"

李平原将手撑在草地上，揉碎了的野草散发出类似树汁的清新的气息，他点点头。学校正在流行这样的walking man。

安琪又摸出两个黄色的袖珍音箱插上，打开录音机，录音机里传出管乐演奏的音乐，悠长的、安然的。

"好听吗？"

"好。"李平原细心地沉默了一会，说："是黑管吧。"

安琪一怔，果然是黑管，在许多声音里，它宁静安详，但十分高贵又十分孤独地响着，它传达出一种骨子里的怀旧情调。父亲的身影隐隐从安琪由于李平原伸手可及而变得纷乱动荡的心绪里沉浮，安琪遥望着父亲模糊不清的形象，但黑管仅有一小段，很快一切停止，吉他和一些长笛的旋律悠然而出，就像一本书翻开了新的一页。

安琪伏在李平原背上哭出声来，她的嗓子十分疼痛紧张，只得不住发出哭嚎，但脸和眼睛却是干的，不曾有一滴眼泪，听上去像一连串咳嗽。

李平原僵直着一个肩膀，他觉得安琪就要背过气去，他转过手来，轻轻碰了一下背上的安琪。他触到安琪身上柔软的地方，他挽过安琪的肩膀，安琪就从后面倒伏在李平原的腿上。他闻到男孩身上油腻的气味和被压碎的青草的气味。她感到李平原伏下身体从背后抱住了他，背后贴住了男孩温暖的胸怀。她觉得自己终于获得了黑暗暖和被珍惜地紧裹住的感觉。她的眼泪终于流了下来，满脸都有被温水洗涮的那种舒服和放松。

李平原轻轻摸着女孩的肩膀和秀发。女孩身上的一切都很柔软温馨。但比想象的却要结实和平常，他试着撮起嘴唇碰碰女孩的耳朵，那是一只小小的、硬硬的、紧贴着发间的耳朵，有种干燥温暖的气味，有一点像晒过的枕头套。

女孩紧紧在他腿上缩起来，发出含混的呻吟。那声呻吟突然刺激了李平原，他扑下去轻咬住安琪的耳朵，女孩惊叫一声直起了身体，李平原借机捧住安琪的头，用嘴唇夹住女孩的耳垂。有一种热而不安，令人头昏的东西渐渐升起，将覆盖住跪坐在丽娃河岸上的男孩和女孩。

录音机发出一声闷响。磁带到头了，Auto弹起磁带。

“什么啊?”安琪直起身体。这时她才发现，她跪坐在地上的姿势很有些不雅，她重新伏在李平原的肩上。

李平原轻声说：“录音带完了。”

四周很安静，偶尔听到河里有鱼跃出河面的响动，还有风吹在潮湿丰润的树叶上发出的轻响。他们只是坐着，怀着想亲吻的心愿，并回味着刚才的情形。李平原不知道是否安琪还愿意继续，安琪则在克制想继续的想法。

这样过去了很久，丽娃河上起了一阵灰白的夜雾，衣服和头发都有些潮湿的感觉了。静听的时候，静寂之中有一些细小而遥远的声音，不知道是因为静而听到的耳道血管的血流奔突声，还是静寂中能听到更远更多的地方发出细小的声音，还是本来静寂也是一种若有若无的声音。

他们站起来回宿舍去。

校园被月亮照得十分明亮。只是所有的颜色都在月光的洗刷下褪了色，变成只有黑白两色的各种图案。

第一宿舍的灯全黑了，门洞里黑得伸手不见五指。安琪摸索着将录音机塞给李平原："送给你。"李平原把安琪和录音机一同抱住，他触到安琪的脸，有痒痒的东西触他的嘴唇，安琪突然尖叫一声，猛力将额头撞在李平原嘴唇上，李平原向后一退，碰倒了身后的什么，身后惊天动地响成一片。期间不断有安琪的叫声，那声音尖利，几乎不能入耳。

黑暗的走廊里射出许多道日光灯的光线，光线里冲出三三五五衣冠不整的男生。

门洞里倒下大片的自行车，安琪的录音机在地下摔得四分五裂。李平原的嘴完全肿得翻出来，被撞破的伤口里流出血来，看上去很可怕。

安琪惊骇地哭着说："是一只猫。"

她看看围过来的男生，努力笑了一下："我最怕猫。"

李平原动了动嘴，停住的血又滴了下来。

有男生笑笑地看看李平原，又看了看安琪，看她被草汁弄绿弄脏的浅色便裤，点点头："好厉害的猫啊。"

八

第二天，李平原很早就吃了饭到三楼教室去。教室里只有一些西藏送来培训的同学在用功地读英文，他选了最靠边的教室后面的角落坐下，也拿出英文书来读。

嘴唇还在作疼，虽然肿已经消了，伤口也已经结了血痂，但一动牵动了伤口，很嫩的伤口皮肤会骤然裂开，疼得李平原流出眼泪来。

教室里渐渐来了吃完早饭的同学，男生看看换座位的李平原讪笑，好像整个年级都谈论过这件事了，情节在传播时变得十分简单，裤子上的草汁，尖叫，流血的嘴唇，骄傲女孩的奇怪笑容，情节变得色情。

当安琪走进教室来的时候，李平原连忙调开眼睛，把脸调向旁边的窗外。窗外的阳光将窗户照得晶莹闪光。他不断舔着流血的伤口，将嘴里弄得满是血腥气。

下课以后，安琪走到一直专心看着窗外的李平那排桌前，但李平原一动不动地看着窗外的天空浮着细长的无形状的白云。安琪跪在前排座位上，撑着身体向里去，一直挪到李平原的前排，她的脸和额头全红了。

"怎么换座位了?"

"……"

"好些了吗?"

"不要紧。"李平原很快地瞥了安琪一眼，安琪的脸红得令人害怕起来，他调开眼睛，“不要紧。”

他不作声地这样站着，教室里也静下来了，大家都假意各自做着自己的事，其实注意着他们。大教室异样的安静使他们听到从楼下历史系教室里传来的说话声，男生居多的教室里的声音，是嗡嗡地响。

安琪一只脚跪着，另一只脚斜立在课桌椅之间的狭小的空间里，姿态始终是临时的，打算转变姿态的，但却被定格似地固定了，她脸上淡淡地有一层笑。

李平原曾抬头想说什么，但看到她脸上的表情，又没有说。他看到那对极浓的眉毛在脸上排列着，整个脸和笑容，都黑森森的。他想起马脸她生的话：“那眉毛，面相书上说是要克死她所爱的人。”

下面一节课的时候，李平原利用铅笔盒内面白铁皮，仔细地看自己的脸，他发现自己的脸好像也有了一些变化。

窗外，阳光将老椰树和长长的野草照得闪烁出鲜绿的美丽的光芒。李平原想起了从前的日子，那些徜徉在鲜花盛开的丽娃河两岸，怀着宁静而温柔的心情幻想着什么的日子。即使是男孩，这样的日子回忆起来总是很令人留恋的。

坚持到吃晚饭，李平原埋着头对安琪说：“这几天咱们分开，形象太难看。”

安琪垂着头，并让头发将额头遮住，说：“我打算回家去。”

李平原定了一定，触触安琪搂在胸前的书包。说：“好吧，回家去歇歇。”

“我很抱歉。”

“我才是很抱歉。”

接下来的几天，安琪都把自己放在寝室里。其实晚饭以后，大多数同学都去教室或图书馆，或者去俱乐部，寝室反而是安静无人的。安琪独自坐在寝室的桌旁，头顶上的日光灯管嗡嗡响着，使安琪想起很早以前的某一天晚上在丽娃河旁所听到的。好像她悬浮到了半空中去注视另一个自己，看自己的手将磁性铅笔盒一开一关，发出令人心烦的喀喀声。她怀着温柔的悲伤心情叹息：这个女孩，这个女孩。

九

星期六一早，安琪就回家。打开家门的时候，父亲的清新的剃须水气味仍旧一卷一卷弥散过来。安琪屏住呼吸跑去将百叶窗完全拉起，并呼呼地打开窗户。她走到父亲的床边，将静止在她生日之夜的模样的床罩拉散下来，露出父亲平时用的蓝灰色的薄毛毡，她感到有些东西从床上惊慌逃散，擦她胳膊上的汗毛。她把垫被和床单枕头一股脑儿全都卷起来，抱到地上，将床板竖起来，床板上飘下来一张发黄的纸片。那是很小的时候安琪画的父亲速写像。如果不是重新看到它，安琪早已将它忘干净了，铅笔里的父亲睁大了眼睛，并咧开嘴，现在看来，爸爸好像在惊呼。但当时，安琪回忆起来，她是打算画一个笑着的爸爸。

她拖着床板，一路发出尖利可怕的吱吱声向壁柜里黑洞洞的，她将床板塞进去，不知靠在什么东西上面，哗哗乱响一阵，但还是靠住了。

接着，她收拾起父亲的烟斗、拖鞋、杂志、睡衣，以及地上的那张画。把它们统统裹在床罩里塞进壁柜，壁柜的门被巨大杂乱的被子包顶住关不上，她将整个人压在门上，拼命往里顶，好容易锁眼对住了，她紧捏住锁眼，以致十个指甲盖都全变成了一半灰白、一半灰紫的古怪颜色。她想起很小的时候的一个夏天凉凉的早晨，学校上游泳课，让她们一个一个从深水区跳下去。但她不敢。体育教师说，那么从池沿上爬下来。但她下到一半，又不能。她整个身体全都浸在冰冷的水里，但一双手紧抓住池沿。那时的十个指甲也是这个样子。

终于将壁柜关住了，把手喀喀响了一下。

阳光无遮无盖地射出来，将原来只有柔和的微黄光线的房间，照成了大片白色空地，连草都没长的荒芜之地。家里原来所有的气味全都化成一些有翅膀的东西，扑扑有声地张皇飞开。

安琪奔出门到花店买回大捧米色的扶桑花。扶桑花奇长弯曲的花茎，金灿灿的茁壮花蕊，如许多手臂蜿蜒向四处伸去。安琪插好瓶，放在父亲床的空地上，再垫上一个大大的扁圆草篓子。她先闻到水中花茎微微腐烂的气味，她退到门边，那腐烂的气味闻不到了，又发现花朵使房间里突然滋长了生机蓬勃而空寂荒芜的气氛。

房间终于变得认不出来了。

安琪又奔回学校。在饭厅里，她迎面捉住李平原。她看着李平原破碎不堪的嘴唇说："我想请你到我家去玩。"

李平原看到她说完，突然弓了一下肩膀，像为将要迎面而来的痛击承受做准备似的。他的心突然被这微小仿佛不经意的举动拉疼了。他点点头。

安琪整个眼眶和鼻子一点点红肿上来。

李平原伸出手去抚摸她一下。短短一掌的皮肤重新相触，身体内有东西蓬地一声燃烧起来，发出腊腊的声音。

他们高一脚低一脚走到车站。中午的太阳突然变热。白灼的太阳将人晒得又软又白。车站上没有树，站牌变成极小的一摊阴影。他们不愿移动脚步，在这样的太阳下晒着，等太阳把整个人晒烫以后，他们的心在燃烧中宁静了一点。

车子还没来。等车的人越来越多，最后变成了一支庞大的队伍，好像集合了打算去游行似的。

安琪的眼睛越来越阴冷。最后在晒红了的脸上变成两块黑冰。

车一直没来。

安琪拉了李平原一把，将他领到几条马路开外的另一路车站，终于挤上了另外一路车。车厢极挤，他们紧紧贴在一块。安琪一头非常茂盛的黑发就贴在李平原的下巴上。头发散发女孩的轻微油腻体味的暖暖的芳香。这种毫无香波气味的纯粹体香，使李平原体会到了在女孩身体内蕴藏着的天然的温柔和挚爱。化妆品会将一份人最美最不可伪造的感情破坏殆尽，而具有这种体香的女孩，一定在心里奔涌着波澜壮阔的爱情。

他们的身体紧贴着，静听那东西在腹部深处跳跃燃烧，将全身被衣套住的部分烧得隐隐作痛。织物的经纬这时已经变成了十分粗糙的树皮样的东西，使他们感到极不自主。

李平原低声说：“我喜欢你。”

“我……”

正说着车子突然震动了一下，猛力向前倾斜，车里一片惊呼，靠近站着的人哭叫起来，大概是全车人的重量都压迫到他们身上。

等了好久，司机宣布车坏了，让大家都下车去。

安琪一言不发地走下车去，四下看看，对李平原说：“我领你走回去，我家已经不远了。”

于是他们在中午的阳光里走回家。突然热起来的中午，越走越没有力气，长裤像潮湿的绳子一样绑在腿上，李平原真想坐下来休息会，他觉得自己马上就要睡着了。但安琪丝毫没有停下的意思。她看了他几眼以后，便将手塞到他手肘内侧挽住他，他渐渐觉得，当他们依偎在一起的时候，他身上的重量转移到了安琪身上，安琪的脸颊好红，她的嘴唇皱成了硬壳，使得她只好缩起嘴唇来微笑。

最后终于走到了安琪的家。上了楼。她在昏暗的堆着些纸箱的走廊里轻笑了一下，攀住李平原的肩膀吻了一下他的脸。她说："我妈怕我丢钥匙，所以把我屋里的钥匙放在她屋的抽屉里，我家小屋的锁，让我弄得只剩下最后一把钥匙了。"

说着她摸索着打开大屋的门，蓬地推开屋门的那一刹间，李平原听到里面传出一声闷响，紧接着，是稀里哗啦撞击声。

安琪站在门口，壁柜的门大开着，爸爸的床板从里面倒了出来，将小桌推翻，壁柜里面所有她塞进去的东西全都滚落了出来，洒得满地，床架横在地上，阻挡了通向抽屉的路。

安琪绷直的肩膀突然坍软下来。

李平原看了一眼飘到眼前的一张速写像，上面是一个浓眉毛正在惊叫的男人，与安琪有几分相似，他支吾了几声，转身逃离了那栋充满了夹竹桃气味的小楼。

十

李平原到食堂去吃晚饭时，偌大的食堂几乎没人，顶上的灯比通常昏暗，就像每个星期六的情况一样。他买了饭，到一个离灯略近的地方坐下。

窗外的灌木发出飒飒的响声。

树叶被黄昏的天色映得金红。

这时从暮色里仿佛浮出来一般，在长桌和另一头出现了一个从碗上看着他的中年陌生男人。他反过身回看了他一眼，那男人朝他点点头，像和朝夕相处的一个老朋友打招呼一样随便而且不容置疑。

李平原也对那个男人点点头。

过了一会，男人说：“嘿，你脸色不好。”

“是嘛！”李平原擦擦脸，“还从来没人说我脸色的问题。”

“你脸上阴气重重。”那人慢慢地清晰地说，“你被什么东西所纠缠，那种东西颜色灿烂但散出毒气。”

李平原不由又看了他一眼，那男人长着一对浓眉，睁大着眼睛，虽然说得很平静，但脸上有一种在无声中惊叫的表情。

李平原端起饭盒哼哈着逃出食堂。他在拐弯时再回过头去看，食堂里的人像一些浮动的影子，再找不到刚才说话的那个男人了。李平原走回到寝室后，关死了房门，靠在门上，才发现内衣冷飕飕的，已经全湿透了。

十一

星期天一早，安琪被母亲房里的声响弄醒。她正奇怪爱睡觉的母亲今天的早起，母亲过来推开她的房门。母亲坚决地要求安琪和自己一块去做礼拜。

安琪起床，看到母亲的眼圈青青的。走到母亲屋里，看到房间又全部恢复了以前的样子。那瓶扶桑花，放在沙发圈中的几桌上，也是父亲生前所喜爱的放设方式。

她们一起去教堂。教堂被春天发红的常青藤覆盖，显得庄严而亲切。母亲引她到前面座位上以后，自己去祭坛那儿跪下祈祷。母亲苗条的、着了黑衣裙的背影在灰白色的大理石祭坛上安静地跪伏，渐渐从在家里隐忍着的愤怒迷惑中脱离出来。

母亲是真正将宗教化为自己精神上的强大力量而变得坚强沉静的教徒，但她一直没有自做主张让安琪从小的时候就洗礼入教。她希望安琪长大以后能做真心的选择。然而安琪却一直没有选择基督教。

安琪静听管风琴演奏出来的圣乐，仿佛很熟悉。教堂里燃着许多不曾有的白色长蜡烛，一切都是亲切的平和的。人们在黑椅上也变得安详起来。

安琪坐在母亲身旁，当母亲点给她看布道的圣经某节时，她垂下头去看，当全体起立唱赞美诗多少首时，安琪随着母亲一同唱，她还没完全脱离童稚的尖细的声音曾使一旁的母亲落下泪来。母亲看到静静听话的安琪。那很像她父亲的细长眼睛，出现了圣经故事插图里所描绘的羊羔的眼睛。

当礼拜结束的时候，她们终于又能重新安静地交谈了。

“好吗?”母亲问。

“好。”

“世界上许多事都不是我们能够左右的，但是上帝能使我们有力量经受一切。上帝会帮助所有的人。”

“但上帝是你的而不是我的。我不是教徒，从来没有赞美过它，我怎么能求它?”

“上帝愿意帮助一切人。”

“不对的，妈妈。上帝会帮助信仰它的人。上帝并不是我的，它不会帮助我的。而且，我也不会奢求它帮助我，我没有资格。”

她们走出礼拜堂的拱门时，站在一边微笑着送行的杨牧师双手扶住母亲的肩膀。安琪闪到一边的墙边，遥遥望他们。当她发现有一片常春藤叶在生长时被挤在大堆缠绕在一起的淡褐色茎里，她拨开藤茎，把那皱巴巴的树叶轻轻抚平。从窗里看教堂内部，走空了礼拜者的教堂显出了格外的一种宁静、庄严和神圣不可侵犯。

不知道冥冥中的力量是否就是称为上帝的东西？它强大的力量并不只是帮助别人那样的温情。它仿佛注定了许多人许多事许多份人生。19 岁的安琪只是隐隐感觉到了什么，并将信将疑地反复试验它的是否存在。

十二

星期天晚上回校，安琪在车站上停了一会，在校门口旁边的雪松下又停了一会，到第一宿舍门口的门洞里再停了一会，她又回来早了，门洞里少了一些自行车，突然宽大起来，好像有了回音似的。然后上楼去，拐角的灯照亮了无人的楼梯，楼梯上残留着上个星期的人体和人呼吸综合在一起的气味。寝室外没有人。安琪放下东西返回到一楼，从门洞里走出去，李平原的寝室亮着灯。她去敲门。

门里真站着李平原。

“我以为你不在学校里。”安琪说。

“在寝室里，有老乡来玩。”李平原拦住安琪的视线。

屋里很静。

“等会我们还去跳舞吗？我在舞场等你。”安琪微笑着欢快地说。

“老乡恐怕会玩得晚。你找别人去好吗？”

“好的。”

“好的。”

等李平原关上门，安琪走到丽娃河岸边，坐在俱乐部的出气洞上。她隐隐听到地下传来的音乐，音乐声那么小，被埋得那么深，当用心听时，反而会听不见。

星期一上4节课，第四节下课时，又饿又对第四节语言学概论课烦倦的学生几乎是奔跑向食堂去的。安琪断定前面没有李平原，就停下来等。李平原夹在男生中走着，等他走得又急又快时，他的黑发微微跳动。安琪招呼他：“嘿！”

李平原一定，又继续走：“啊！”

他们在同学中默默往前走，肩膀在下楼梯肘撞在一起，李平原垂着头，沉思起来。

食堂里挤满了吃饭的同学，排在队伍里的男孩女孩纷纷为自己班上后来的同学代买饭，一个女孩胸前搂着七八只各种颜色的饭盒饭碗，像收圣诞礼物的小孩一样。只有情人们默默地守在队伍里，对吵吵嚷嚷的人们充耳不闻。

李平原扬手招呼已排进队伍中的一个平头男孩：“给我带一份。”说着独自向前挤过去。

安琪停在进口的原处，在不停流动的人流之中，像一块不动的礁石一样。

星期二中午，照例大家都在有蚊帐的床上睡着了。李平原却没有。他躺在枕头上。果然过了一会，听到轻轻的脚步走过来，停下来，然后有人敲门。

李平原闭上眼睛。

敲门声又轻又坚决，很急，哔哔剥剥响成一片。

寝室里有人扬起不耐烦的声音问："谁?"

"找李平原。"

那人抄起一只鞋扔到李平原的蚊帐上："嘿，找李平原！你死啦!"

李平原紧闭上眼睛。

寝室里的人在这一刻的死静里全醒来。纷纷叫："李平原，有妹妹找。你死啦!"

李平原伸出手，先合上做一揖，然后再摇一摇。

有人说："李平原不在。"

门外没声音了。阳光在窗台上嗡嗡地响。

星期四，安琪又迎面拦住李平原："能陪我去一次龙华吗？我父亲骨灰有一个手续没有办。我一个人去害怕。"

李平原低头说："这是你家里人，或者协家亲戚一块去办的事，我一个外人、一个同学陪你去不合适，我干不了什么。"

"算陪我去不行吗?"

"不合适。"

星期四，安琪又迎面拦住李平原："我给你在图书馆留了座位。"

"我有事，我们宿舍今天聚餐。"

"那到八点也差不多了吧。"

"我们打算好好玩玩，不一定多久。"

"我给你留着等你。"

“你给别人去，期刊室里有一个空座也不容易，干吗浪费。”

“我还是等你。”

晚上，李平原他们吃完饭，骑车到俱乐部去玩。同寝室的同学正在开车，突然叫了一声：“我的天！”

李平原看到安琪站在那废弃的篮球架下看着他们。夜色里女孩早早换上的白连衣裙，像一只伏在草里的大白鸟。

李平原骑上车飞快地冲到路上，在文史楼处拐弯，朝俱乐部去。

有人骑车追上来说，“那人还站着，鬼似的。”

还有人说：“别是把你当成她爸爸了吧！”

李平原恶骂一声：“去你妈的。”

在俱乐部的舞厅里，李平原看到最初遇到安琪的那张长桌。长桌上坐着另外一些女孩，灯影里她们的脸都非常相似，甚至和安琪十分相似。

他却没有坐到吧台前老位子上去的兴趣，他找到一张跳舞最不方便的角落里的桌子坐下。

有人在跳两步。这种舞看上去仿佛比跳上去还要美好。那种不怕注视窥探的亲切柔情在相拥者两个背脊上散发出来，竟是格外的纯洁。甚至比儿童的舞蹈还要纯洁一些。

李平原竟有一些莫名但博大的感动。

也就在这时，他看到安琪绕过众多的桌子向他走来。

“我们跳舞。”安琪说，“我请你和我跳舞。”

李平原还没说话，场上的音乐停了。他连忙说：“音乐没了。”

安琪站着看他，等了一会，音乐重新响起，仍旧是一支旖旎的曲子，更多的人去跳缓慢的两步舞。

安琪将李平原拉起来，他们走到舞池里。头顶上的粼光的灯亮了，一片片雪白的灯光洒落转动，将一切背景都隐到黑暗中去。安琪抓住李平原肩上的衣服，将脸慢慢贴上去，随音乐摇摆起来。李平原等了一会，将衣服从她手里拉出来，她的手顺从地垂下，李平原走出舞池，离她而去。

安琪仍旧站在粼光的灯光里，随音乐摇摆着。

图书在版编目(CIP)数据

从前的女生/陈丹燕著.—上海:上海书店出版社,2019.3
(巨鹿文库)
ISBN 978-7-5458-1715-7

Ⅰ.①从… Ⅱ.①陈… Ⅲ.①中篇小说-小说集-中国-当代 ②短篇小说-小说集-中国-当代 Ⅳ.①I247.7

中国版本图书馆CIP数据核字(2018)第213627号

责任编辑 杨柏伟 何人越
装帧设计 汢 昊
技术编辑 丁 多

·巨鹿文库·
从前的女生
陈丹燕 著

出 版 上海书店出版社
(200001 上海福建中路193号)
发 行 上海人民出版社发行中心
印 刷 上海商务联西印刷有限公司
开 本 890×1240 1/32
印 张 7
版 次 2019年3月第1版
印 次 2019年3月第1次印刷
ISBN 978-7-5458-1715-7/I·450
定 价 30.00元